이끼숲

이끼숲

천선란
연작소설

자이언트북스

차례

즐거운 생각을 할까 해.

소용이 없더라도 말이야.

만약 네 앞에 아몬드가 있어.

근데 이게 독이 있는 야생 아몬드인지,

독이 없는 아몬드인지 몰라.

그럼 너는 어떡할 거야?

그 아몬드를 먹어볼 거야?

바다는

노래가 들려온 건 제작실 서문 쪽에 있는 반 층짜리 계단 아래였다.

그날은 마르코가 제작실에서 경호를 서는 첫 근무 날이었다. 빳빳하게 다린 셔츠 깃처럼 바짝 긴장한 상태로 제작실 입구에 덩그러니 서 있던 마르코는 사람이라기보다 그곳에 설치된 조형처럼 보였다. 온통 잿빛 페인트로 칠해진 공간에 마르코가 입고 있는 정장과 셔츠도 어두컴컴한 색이라, 얼핏 보면 머리만 두둥실 떠다니는 것 같기도 했다. 긴장 완화에 좋다며 치유키가 선물한 약도 챙겨 먹었지만, 아마 플라세보 효과를 노린 포도당 알약이었을 것이다. 품이 큰 정장 재킷을 걸치고 서 있던 마르코는 어느 면으로 보나 제작실을 지킬 만한 모양새가 덜 만들어진, 소년이었다. 소년의 티를 벗어내지 못했다기보다 소년 그 자체였다.

열다섯 살의 마르코는 변성기가 오지 않았고, 그래서인지 변성기가 시작된 톨가나 유오보다 목울대가 작고 밋밋했다. 뼈대가 가늘고 키가 작아 그때까지만 해도 마르코는 여섯 명 중 두번째로 작았고, 이변이 없는 한 영영 그렇게 어린 소년의 모습으로 남을 것만 같았다. 이런 정황으로 마르코가 경비 일을 하겠다고 결정했을 때 친구들은 신체적인 요건이 불리할 거라 우려하며 마르코를 말렸지만, 마르코가 경비 일에 지원한 것은 바로 그 이유 때문이었다. 마르코가 원한 것은 강도 높은 훈련이었다. 연구소를 지키기 위해 지녀야 할 강인함은 훈련소에서 만들어진다고, 누구든 일 년만 버티면 육체적으로 강인한 경비원이 되어 나온다고 들었다. 틀린 말은 아니었다. 일 년 뒤 마르코의 덩치와 키가 여섯 명 중 가장 커진 것이 그 증거였다.

하지만 경비 일을 시작한 지 십육 일 차인 마르코는 아직 왜소했다. 제작실의 한기는 자꾸 몸을 움츠러들게 했고 주기적으로 울리는 거대한 기계의 소음은 어느 짐승의 박동처럼 느껴졌다. 마르코에게 보이는 것은 입구 안의 입구, 바깥문보다 훨씬 더 두껍고 단단한 검은 철문이었다. 마르코는 지하 도시의 모든 출입문 중 제작실 안쪽 문이 가장 단단할 것이라

짐작했다.

제작하는 일은 저 철문 너머에서 벌어졌다. 본 적 없는 장면은 상상을 부풀리기에 좋은 효모였다. 마르코는 인간의 유전 정보를 떼어다 똑같은 인간을 만드는 일련의 과정이 어떻게 진행되는지 알지 못했다. 뱃속의 태아처럼 배아세포로 시작한 아이가 세포를 늘리며 세포의 주인과 똑같은 인간으로 자라는 것인지, 만들어둔 외형에 심장과 뇌를 넣어 단번에 눈을 뜨게 만드는 것인지. 아니면 조각조각 나눠 만든 몸을 바느질하듯 엮는다거나 만들다 실패한 것은 분쇄기에 한번에 갈아버린다거나. 어떤 상상이든 결국 인간의 몸을 조립한다는 사실은 바뀌지 않았다. 그 사실이 철문을 가장 잔혹한 세계의 진입 문처럼 보이게 했다. 마르코는 긴장했고, 그 탓에 아까부터 손바닥이 땀으로 흥건해 자꾸만 바지에 손을 문질러야 했다.

또 웅웅웅, 기계 소리가 들렸다. 바닥과 천장이 진동했고, 환풍구가 요란한 소리를 내며 떨었다. 다른 곳에서는 들어본 적 없는 소음이었다. 눈을 치켜떠 천장을 바라보았다. 평소에는 신경쓰지 않았던, 천장의 이음매가 눈에 들어왔다. 물샐틈 없어 보였지만 마르코는 저 틈으로 모래가 쏟아져 내리는 상상을 했다. 사억오천만 헥타르 규모의 지하 도시가 한순간에 내려앉는 것이다.

여태까지 마르코는 지하 도시가 무너질지도 모른다는 약간의 가능성도 믿지 않았다. 그 말은 뭐랄까, 하늘이 무너진다는 말과 비슷하게 느껴졌다. 하늘을 실제로 본 적은 없지만 하늘이라는 것 자체가 지각地殼 따위의 판이 아닌 대기권을 지칭하는 것이었으므로 그 말은 모순되는 말이었다. 일종의 비유라고, 그러니 지하 도시가 무너지는 일도 불가능하다고 말했지만 유오는 동의하지 않았다. 거대한 고목의 뿌리, 땅을 파고드는 짐승과 그보다 더 깊게 내려오는 곤충, 토양을 지배하는 미생물, 폭우와 폭설로 인한 땅의 균열, 판의 움직임과 화산…… 유오는 이 모든 것들이 지하 도시를 위협한다고 말했다. 꽤 그럴듯했지만 그런데도 지하 도시가 무너지는 것은 쉽게 상상되지 않았다. 지하 도시가 무너진다니. 역시나 좀, 허무맹랑했다.

하지만 이곳에서 울리는 거대한 기계음과 잦게 떨리는 환풍구의 소리를 듣고 있으니 어쩌면 그럴지도 모르겠다는 생각이 스쳤다. 지하 도시의 외벽 두께가 궁금해졌다. 제작실의 철문 두께 정도일까? 그 정도라면 안전할까? 어느 정도가 되어야 이 거대한 기계의 떨림에도 흔들리지 않을 수 있을지 가늠되지 않았다. 마르코가 마른침을 삼키며 재킷 밑부분에 또 한번 손바닥에 난 땀을 닦을 때, 노랫소리가 들렸다.

제작실 외부 문과 안쪽 문을 연결하는 이 공간에는 반 층 높이에 제작실을 볼 수 있는 모니터실이 있었다. 커다란 스크린이 여러 개의 화면으로 분할되어 있었고 탁상용 마이크가 동그마니 놓여 있었다. 마르코가 첫 출근을 한 지 한 시간 십 분째, 아직 모니터실에는 누구도 들어가지 않았다. 제작실로 들어가는 사람도 여태껏 고작 두 명이 전부였다. 한산하다못해 스산하다고 느낄 무렵 출처를 알 수 없는 노랫소리, 그보다 허밍에 더 가깝다고 해야 할 소리가 들려오자 땀이 사라지고 오한이 들었다. 모니터실에는 여전히 아무도 없었고 주변도 마찬가지였다. 도망치고 싶었지만, 도망치지 않고 노랫소리의 출처를 찾는 것이 마르코가 해야 할 일이었다. 마르코는 타원형의 벽을 훑으며 걸었다. 창문도 없고, 문도 없는데 도대체 어디서 노랫소리가 흘러나오는 것일까.

동쪽보다는 서쪽으로 갈 때 소리가 더 커졌다. 몸의 긴장감도 소리가 커질수록 점점 풀렸다. 감미로운 목소리가 마르코의 두려움을 조금씩 녹여주었기 때문이다. 노랫소리는 점차 마르코를 호기심과 기대감으로 이끌었다. 가까워질수록 선명해지는 발음. 의주와 유오를 통해 들었던 익숙한 언어. 통역기의 소리가 자꾸 목소리를 가로채자, 마르코는 오로지 그 목소리에 집중하기 위해 결국 통역기를 껐다.

마르코가 걸음을 멈춘 곳은 모니터실로 올라가는 서문의 반 층짜리 계단 앞이었다. 그곳에서 들려왔다. 계단의 벽 너머에서.

벽이 노래를 부르는 것은 아닐 테고. 벽에 스피커가 내장되어 있던가? 그렇다면 왜 하필 여기에…… 마르코가 벽에 두 손을 얹고 귀를 바짝 붙였다. 노랫소리는 분명히 벽 너머에서 들려왔다. 이토록 감미롭고 부드러운 목소리는 처음이었다. 목소리는 목덜미와 귓바퀴를 부드럽게 감쌌고, 따뜻한 물이 귓속에 천천히 흘러 들어가듯 노랫소리도 그렇게 마르코의 몸으로 조금씩 스몄다. 이제 오싹함은 마르코의 몸에서 완전히 씻겨 내려갔다. 마르코는 목소리의 주인을 보고 싶었다. 손바닥으로 계단 벽을 몇 번 쓰다듬자 틈이 느껴졌다. 눈으로 볼 때는 티가 나지 않아 몰랐지만, 계단 밑에 또 다른 공간이 있었다.

하지만 아무리 찾아봐도 문을 열 수 있는 손잡이는 보이지 않았다. 노크해볼까 싶었지만, 노크를 한다는 건 용건이 있다는 뜻과 같아 보였다. 마르코는 그저 목소리의 주인공을 확인하고 싶은 것뿐이었다. 마르코가 그런 고민에 빠져 있는 사이, 어느 순간 노랫소리는 멈췄고 미닫이문이 열렸다. 문 너머에는 소녀가 있었다. 마르코와 비슷한 나이 또래로 보이는 소너였다. 허리까지 내려오는 검은 머리카락을 질끈 묶고 있었지만 잔머리가 요란하게 튀어나와 단정해 보이지는 않는 소녀는 남색과 분홍색이 섞인 페어 아일 카디건을 걸친 채 품에는 본인 상체만한 보따리를 들고 있었다. 소녀는 문 앞에 서 있던 마르코를 얼떨떨한 표정으로 바라보다 곧 자신이 부른 노래를 마르코가 들었을 거라는 생각에 도달했는지 목과 귓바퀴를 붉혔다.

그것이 열다섯, 동갑내기인 소녀와 마르코의 첫 만남이었다. 소녀가 마르코에게 먼저 말을 건넸는데, 통역기를 끄고 있던 탓에 마르코는 소녀의 첫마디를 알아듣지 못했다. 허겁지겁 다시 통역기를 켰을 땐 이미 "밖에 누가 있는지 몰랐어"라는 말로 넘어간 후였다. 그전에 뱉은 말은 무슨 말이었을까? 맥락으로 추측하자면 어쩐지 사과의 의미를 담고 있을 것 같았다. '미안하다'라거나, '시끄러웠지?' 같은. 그렇다면 오해하기 전에 아니라고, 사과할 필요 없다고, 사실 노랫소리가 무척 좋아 홀린 듯이 이곳에 왔다고 말해주어야 하는데 마르코에게는 지나간 말을 붙잡아 다시 해명할 정도의 붙임성과 친화력이 없었다.

계단 밑에 마련된, 다섯 사람 정도가 들어갈 수 있을 만한 공간은 세탁된 옷들을 보관하는 창고로 쓰였다. 제작된 클론이 입는 옷이라고 했다.

소녀는 마르코와 같은 용역업체에서 배정된 경비원이었다.

"이런 일을 한다고는 못 들었는데."

마르코가 말하자, 소녀가 고개를 끄덕였다.

"나도 마찬가지야. 퇴근하려고 옷까지 다 갈아입었는데 갑자기 가져가서 잘 개어달라고 옷을 뭉텅이로 주지 뭐야?"

그러니까 마르코가 출근했을 때 소녀는 이미 이 좁은 공간에 들어가 있었고, 한 시간이 넘는 시간 동안 옷을 개고 있었다는 말이다. 그것도 업무 시간이 아닌 때에.

소녀는 마르코가 자신과 같은 업체 소속이고 심지어 입사일이 같다는 것에 든든한 지원군을 만난 것처럼 고초를 토로했다. 소녀의 이름은 '으니'였다.

으니는 마르코와 함께 출입문으로 걸어가는 동안 끊임없이 말했다. 원래도 활달한 성격이었고 마르코와 달리 친화력이 높은 사람인 까닭도 있었지만, 그날 으니는 자신이 부른 노래를 누군가 듣고 있었다는 사실이 민망해 평소보다 모든 걸 과장했던 것도 맞았다.

"어제는 어디서 근무했어?"

"연구소 쪽."

"몇 시간?"

"여덟 시간. 한 시간 쉬고."

"발바닥에 불나는 것 같지 않았어? 나는 첫날 두 시간 서 있는데 죽는 줄 알았어. 발바닥이 뜨거워서 좀 걸었더니 연구원이 눈치 주더라."

"하다보면 노련해진대."

마르코의 말에 으니가 풋, 웃음을 터뜨렸다. 말실수를 한 걸까. 그 말은 마르코에게 일을 가르쳐주던 선배 커커스가 한 말이었다. 어리숙하게 고개만 끄덕이고 있는 마르코에게 '어렵지? 하다보면 노련해질 거야'라고 말이다. 마르코는 그 말이 참 힘이 되었는데, 으니에게는 아닌 모양이었다.

"우리가 하는 일이 노련해진다는 말이 적용되는 일 같니?"

마르코는 대답하지 못했다. 아닐 이유도 없지 않냐고 말하고 싶었지만, 그 말 뒤에 덧붙일 만한 말이 생각나지 않았다.

"노련하다는 건 남들이 정해주는 거야. 그 일에 노련해졌다고. 근데 우리가 하는 일은 막일이잖아. 사람들은 이런 일에 노련하다는 단어 안 써줘."

매몰차게 말한 게 미안했는지 으니가 웃으며 말했다.

"발바닥에 불나는 거, 아무나 할 수 있잖아."

으니의 웃는 얼굴을 보고 있자니, 이번에는 목덜미와 귓바퀴가 뜨끈뜨끈해졌다. 으니가 하는 말이 더는 귀에 들어오지 않았다. 마르코는 괜히 귓바퀴를 문질렀다.

　제작실 문 앞에서 으니가 마르코에게 다음날 일정을 물었다. 삼교대로 움직이는 경비일은 달마다 책임 매니저가 출근 일정을 짜주었다. 언제든 조정이 가능하다고 말했지만, 선배들의 말로는 특별한 일이 아닌 이상 일정을 조정하는 건 불가능에 가깝다고 했다. 마르코는 오늘 오후 여덟시까지 일했고, 다음날은 오전에 출근해 오후 네시에 퇴근하는 일정이었다. 으니는 마르코의 일정을 곱씹더니 점심시간 때 마주칠 수 있겠다고 말했다. 으니는 내일 보자고 두 팔을 크게 흔들고 떠났다. 으니의 아킬레스건이 신발에 발갛게 쓸려 있었다.

　그날 마르코는 으니의 목소리가 좋았다고, 노랫소리를 더 듣고 싶었다고 차마 말하지 못했다. 그리고 그 아이의 이름이 '으니'가 아니라 '은희'라는 건 한참 뒤에야 의주를 통해 알았다.

　다음날, 마르코는 거울 앞에 서서 가르마의 방향을 다섯 차례 바꿔보았다. 마음에 드는 방향이 없어, 결국 원래 하던 대로 오른쪽 가르마를 탔다.

　연구소로 가기 전에 회사에 먼저 출근 도장을 찍어야 했다. 연구소는 B2층이었고 마르코의 회사는 B11층이었다. 거리가 멀지는 않지만 가장 가까운 서西 구역 중앙 승강기로는 연구소 층에 갈 수 없었다. 연구소는 전용 승강기가 따로 있었고, 쉽게 접근하지 못하도록 외진 곳에 있었다. 오전 여덟시까지 배정된 장소에 가서 교대해야 했기에 사실상 마르코의 출근은 그보다 두 시간 일찍 이루어졌다. 물론 그 시간은 업무에 포함되지 않았다. 모두가 이 시스템에 불만을 가졌지만 단합해 목소리를 내지는 않았다.

B11층에 도착하자 사람들로 북적이는 광장이 나타났다. 마르코가 옆도 쳐다보지 않고 회사를 향해 직진할 때, 누군가 다가와 마르코의 어깨에 팔을 둘렀다. 마르코는 그게 누구인지 단번에 알았다. 손에 책을 든 유오였다.

유오는 또래 중에서도 키가 큰 편이었고 운동을 좋아해 인공 태양에 살이 하도 타 구릿빛 피부였다. 키가 작고(일 년 후 마르코가 유오의 키를 추월하게 되지만) 푸른 핏줄이 비칠 만큼 흰 피부를 가지고 있던 마르코와는 정반대였다. 그러니 마르코의 어깨에 팔을 두를 정도로 키가 크고 친한 사람은, 단연 유오뿐이었다.

눈 밑이 은은하게 검은 것을 보니 또 새벽을 자료 열람실에서 보낸 듯싶었다. 손에는 마르코가 전혀 관심 두지 않을 식물에 관한 책이 들려 있었다. 마르코는 또 유오가 책에 관해 구구절절 설명을 늘어놓을까봐, 자료 열람실에서 밤을 지새웠냐고 묻지 않았다. 가끔 유오는 자기 세계에 빠져 지루한 말을 길게 할 때가 있었다.

유오가 마르코의 정수리를 손가락으로 콕, 찍으며 말했다.

"오늘 왜 이렇게 힘을 줬어?"

"힘을 주다니?"

마르코가 이해되지 않아 다시 묻자, 유오가 마르코와 똑같이 가르마를 탔다. 마지막 한 가닥까지 정성스럽게 넘겼다.

"스타일이. 평소보다 더 힘줬는데."

"똑같은데."

들켰다는 당혹스러움을 숨기려다 원래보다 더 무뚝뚝해진 마르코의 말투에, 유오는 더 딴지를 걸지 않고 자신의 머리카락을 헝클며 웃었다.

"그래? 오늘 더 잘생겨 보여서 힘준 줄 알았네."

마르코의 회사가 가까워지자 유오가 천천히 속도를 늦췄다. 일찍 진로를 정한 마르코와 달리 유오는 아직도 갈피를 잡지 못하고 있었다. 소마에게 듣기로, 유오는 지상을 탐사하고 싶어했는데, 그 일은 구직 시기와 선발 인원이 불명확했다. 마르코가 알기로 마지막 선발이 육 년 전이었다. 앞으로 어느 시기에 몇 명을 더 선발할 거라는 소문조차 돌지 않았다. 유오가 정말로 그 선발을 기다리고 있는지는 묻지 않아 알 수 없었지만, 유오의 손에 들린 책을 보면 소마의 말에 신빙성이 더해졌다. 소마는 유오를 말리고 싶어하는 것 같던데, 마르코는 말리고 싶지 않았다. 지상 탐사대가 존재하는데 기다리지 못할 이유는 또 뭐가 있나 싶었다. 마르코는 한때 우주 탐사대 쪽을 유심히 들여다보았지만, 완전히 죽어버린 직업이라 꿈조차 꿀 수 없었다.

유오가 거수경례 자세를 취했다. 마르코도 따라 오른손을 올렸다. 이마에서 손을 뗄 때는 가볍고 산뜻하게.

"오늘은 꼭 바라는 대로 됐으면 좋겠다. 뭐든."

유오는 의미심장한 말을 내뱉고 자리를 떴다.

살면서 식사 시간을 이토록 간절하게 기다린 것은 처음이었다. 식사는 언제나 볼품없었고 때로 기분을 상하게도 할 만큼 형편없어서 맛있는 끼니를 기다리는 것 자체가 불가능했기 때문이다. 한때 음식이 인간에게 최고의 사치품이었던 시절도 있었다고 들었다. 인간이 지상에 살던 시절에 말이다. 배고프지 않아도 늘 무언가를 씹었고, 음식을 남기는 일이 있더라도 오로지 본인의 만족을 위해 식탁을 가득 채웠으며 음식에도 유행이 있었다는데 음식을 즐긴다는 것이, 그것이 행복이었다는 것이 무엇인지 마르코는 영 와닿지 않았다.

지하 도시에서도 누군가는 어떻게 해서든 미식을 즐길 테지만, 적어도 마르코와 마르코의 주변은 아니었다. 음식은 생명 유지를 위한 연료일 뿐이었다. 그렇기에 마르코의 식사는 매 끼니 스무 가지가 넘는 알약과 물, 약간의 탄수화물과 단백질 정도였다. 그리고 가장 중요한 건 'VA2X' 섭취였다. 하루에 한 알. 다른 약들은 상황에 따라 가짓수를 줄이기도 했지만 VA2X는 지하 도시 생활을 유지하기 위한 필수 요소였다. 복용을 오랫동안 중단하면 환각, 정신 분열, 우울증 따위의 정신 질환과 뼈가 삭는 등의 증상이 나타난다는데 그 때문에 정신재활원으로 실려간 사람이 마르코의 주변에도 몇 있었다. 모두가 끼니는 거르더라도 VA2X는 빼먹지 않고 사 먹었다. VA2X를 섭취하지 않을 경우 생기는 증상에 대한 괴담이 도시에 파다한 탓도 있었지만, 약을 섭취하지 않은 사실이 알려져 정신재활원에 잡혀간 사람은 종종 나타났기 때문이다.

구내식당에 들어선 순간부터 입구에 서서 계속 주변을 두리번거리던 마르코는 점심시간이 시작된 지 이십오 분이 지나서야 들어오는 은희를 발견했다. 은희의 얼굴에는 심술이 잔뜩 얹혀 있었다.

식판을 들고 줄 끝에 섰다. 마르코와 은희가 가장 마지막이었는지 두 사람 뒤로 줄은 더 이어지지 않았다. 그도 그럴 것이 벌써 점심시간은 이십여 분밖에 남지 않았고, 대부분이 식사를 마치고 식당을 빠져나가는 중이었다. 더욱이 준비된 음식, 음식이랄 수도 없는 단백질과 탄수화물 덩어리들도 남아 있는 것이 몇 없었다. 개중 먹을 만한 것들과 과일은 이미 다 나간 상태였다. 마르코와 은희의 식판에는 알약과 못생긴 감자를 으깬 듯한 단백질 덩어리, 초콜릿 맛을 흉내냈다지만 느끼하기만 한 디저트 한 덩이뿐이었다. 마르코는 아쉬움이 없었지만, 은희가 맛없는 식사에 기분이 상하지 않을까 걱정이었다. 하지만 다행히 은희도 별생각이 없는 듯했다. 대신 아까부터 줄곧 다른 것에 화가 나 있는 상태였다.

사람이 훅 빠져 한산해진 식당 구석에 자리를 잡고 앉았다. 은희는 봇물을 터뜨리듯 물었다.

"연구소 창고. 가봤니?"

"아직."

창고라면 연구소 남쪽 끝에 자리잡고 있다고 들었다. 마르코 역시 지도로만 위치를 확인했었다. 연구원들은 카트를 타고 이동하는 거리였지만 경비원에게 카트는 제공되지 않았다.

"오늘 근무지가 거기였어?"

"어. 최악이야. 너무 멀어. 걸어오다가 지쳐서 잠깐 앉아서 쉬었어."

말을 더 얹으려던 은희는 숨을 차분히 내뱉더니 음식을 입에 넣기 시작했다. 그건 먹는다는 표현보다 넣는다는 표현에 더 잘 어울리는 행위였다. 근무지까지 다시 돌아가는 데 걸리는 시간을 생각하면 지금 당장 식당을 나서야 한다는 걸 깨달은 모양이었다. 마르코도 더 말을 걸지 않고 식사 속도를 맞췄다.

마르코가 상상했던 점심 식사는 이런 게 아니었지만 은희를 볼 수 있었으니 나쁘지 않았다. 마지막에 인사도 제대로 나누지 못하고 뛰어가는 은희의 뒷모습을 보며 마르코는 하염없이 손을 흔들었다. 은희가 눈앞에서 완전히 사라진 후에야, 마르코는 자신의 머리 스타일을 은희가 보기는 봤을까, 궁금해졌다.

오후 경비를 서는 동안 마르코는 줄곧 은희가 시간에 맞춰 근무지로 복귀하는 데 성공했는지에만 골몰했다. 식사를 끝마칠 무렵 번호를 교환하기는 했지만 근무지에서 개인 통신기를 사용해서는 안 됐기에 마르코는 궁금증을 끌어안고 있을 수밖에 없었다. 하지만 마르코가 추측건대 제시간에 도착하지는 못했을 터였다. 은희도 반쯤 포기한 듯 보였고, 그냥 열심히 달려왔다는 성의나 보이고 싶다는 태도였다.

"목소리를 팔았다고?"

두 연구원이 속삭이며 나누는 대화 소리가 다른 생각에 빠져 있던 마르코의 귓가에 꽂혔다. 마르코는 대화가 들리는 쪽으로 고개를 틀었다가 곧장 몸을 바로잡았다. 마르코가 그들의 말을 듣고 있다는 생각이 들지 않게끔 말이다.

할 수만 있다면 마르코도 연구원들의 대화를 듣지 않고 싶었다. 하지만 오늘 마르코가 맡은 연구소는 조용하다못해 엄숙한 분위기였고 마르코는 서 있는 것 빼고는 할 수 있는 게 없었다. 그러니 두 연구원의 목소리는 지독한 적막 속 한 줄기 구원처럼 마르코를 손쉽게 낚아챘다.

'되도록 연구소 사람들한테 먼저 말 걸지 마. 그쪽에서 말 걸어오고, 친하게 굴 때까지 참아. 가끔 경비원이 말을 건다고 회사에 항의하는 연구원들이 있어. 근무 태만이라고. 마찬가지로 자기들끼리 떠드는 말도 함부로 듣지 말고. 뭐, 들리는 걸 어떻게 하냐고 묻고 싶겠지만 안 들린다, 안 들린다, 생각해.'

마르코는 커커스의 말을 떠올리며 안 들린다, 안 들린다, 세뇌했다.

"목소리를 아바타한테 파는 거야?"

하지만 연구원의 목소리는 조금 전보다 더 또렷하게 마르코의 귀를 파고들었다.

"값이 비싼 게 있는데 그게 목소리를 완전히 넘기는 거라더군."

"그게 가능해?"

"목소리를 다 녹음하고 난 뒤에 목소리를 판 인간이 더는 그 목소리를 내지 못하게 발성기관을 망가뜨린다는데."

그 말을 들은 다른 연구원이 "으" 하고 질색을 했고, 마르 코도 그 소리에 맞춰 미간을 찌푸렸다.

"도대체 그런 짓들을 왜 해? 왜 팔고, 왜 사는 거야?"

마르코가 묻고 싶었던 질문이었다. 마르코는 귀를 더 기울 였다.

"세상에 하나뿐인 아바타한테는 세상에 하나뿐인 목소리 가 필요하니까. 목소리는 전부 다 다르잖아. 그러니까 원하는 목소리를 돈을 주고 빼는 거지."

두 사람은 그 대화를 끝으로, 서류를 챙겨 연구소를 빠져 나갔다. 마르코는 그들이 너저분하게 던져놓고 간 대화 속에 덩그러니 남겨졌다.

돌이켜 생각해보니 비슷한 이야기를 들은 것이 이번이 처 음은 아니었다. 친구들과 인공 해변에 나란히 누워 미지근한 모래를 몸에 덮고 있던 지난해 여름, 의주는 '목소리를 사는 아바타'들에 대한 이야기를 꺼낸 적 있었다. 그때 마르코는 유 오와 소마의 손에 붙잡혀 꼼짝없이 턱 밑까지 모래에 파묻혔 고, 시간에 맞춰 저무는 태양 이미지를 바라보며 무겁게 내려 앉는 눈꺼풀과 홀로 싸우는 중이었다. 옆에서 치유키가 작게 노래를 흥얼거렸는데, 그 노랫소리가 졸음의 아군이 되어 마르코를 더 힘들게 하던 때였다.

'나도 저번에 버스에서 본 적 있어.'

톨가는 친구들 중에서 유일한 버스 이용자였다. 톨가는 '버스'라고 불리는 가상현실 속에서 자신의 아바타 '레몬'으로 활동했다. 마르코도 한때 버스의 이용자이기는 했다. 어디든 갈 수 있다는 의미로서의 버스는, 말 그대로 시공간의 제약 없이 사람들이 꾸며놓은 지상을 누빌 수 있는 매력적인 곳이었지만 마르코는 그것이 전부 가짜라는 생각에 금방 흥미가 식었다. 다른 친구들도 마찬가지였다. 물론 톨가도 초반에는 시시하다며 접속하는 둥 마는 둥 하더니, 그곳에서 마음 맞는 파트너를 만나 가상으로 만들어진 지상 곳곳을 데이트하는 모양이었다.

'자기 목소리는 쓰기 싫고, 다른 목소리를 쓰고 싶은데 중복되는 게 싫은 걸 거야. 그런 애들 많아.'

톨가가 이어 말했다.

'현실의 본인처럼. 목소리도, 외모도 세상에 하나뿐이기를 원하는 거야.'

그 말을 듣던 의주가 도통 이해되지 않는다는 투로 물었다.

'그렇다고 진짜 목소리를 팔아? 정신이 나갔나?'

'욕망이란 원래 증식하는 거니까.'

마르코는 적당히 포근하게 몸을 짓누르는 모래의 무게를 느끼며 그렇게 이상한 일이 아닐지도 모른다고 생각했었다. 세상은 점점 다양한 걸 팔기 시작했으니까.

마르코는 사람 없는 연구소에서 모래의 포근함을 떠올렸다. 흰 페인트가 칠해진 바닥을 괜히 구두로 문질렀다. 뻑뻑한 구두 밑창과 연구소 바닥의 마찰음이 퍼졌다. 음성언어적 소통 외에도 발언發言의 방식은 다양했으니 반드시 목소리가 필요한 것은 아니지 않은가. 당장 VA2X를 사 먹을 돈이 없다면 마르코도 머리카락을 자르듯이 기꺼이 목소리를 팔았을 것이다. 물론 이런 다짐이나 의견도 그 상황에 직면하지 않았기 때문에 할 수 있는 말이라는 걸, 마르코도 알고 있었다. 그래서 인공 해변에서도 입을 꾹 닫고 있었던 것이다.

일을 마치고 회사로 복귀했을 때, 커커스가 복도에서 누군가와 언성을 높이며 싸우는 중이었다. 선배는 보였지만 맞은 편에 선 사람은 회의실에 몸을 반쯤 걸치고 있어 얼굴이 보이지 않았다. 선배가 저렇게 화내는 것을 마르코는 처음 보았다. 모르는 척해주어야 할 것 같아 마르코는 최대한 기척 없이 사무실로 들어갔다. 퇴근 기록을 남기고 빠르게 사무실을 나온 마르코는 승강기에 올랐을 때, 자신이 모르는 척을 하는 게 맞았던가, 하는 생각이 들었다.

*

그 주 주말 하루, 마르코가 쉰다는 이야기를 들은 톨가가 이른 아침부터 집에 찾아왔다. 톨가는 늘 이런 식으로 틈만 나면 마르코의 집에 오곤 했다. 톨가는 아직도 부모님과 함께 사는 유일한 친구였다.

보통 열다섯 살이 되면 아이들 대부분이 부모님과 함께 살던 집을 나와 마련된 집으로 갔다. 그 집이란 아이가 태어난 순간부터 배정되는 집을 말했다. 지하 도시 특성상 공간이 한정되어 있으므로 주거용 건물 숫자가 정해져 있었다. 인구가 늘어 포화되는 상황을 막기 위한 정책이었다. 십 년 간격으로 태어날 아이에게 집을 배정했는데, 이는 부부의 출산 계획을 위원회에 전부 보고하기에 가능한 일이었다. 언제쯤 아이를 가질 거라는 계획서에는 자산 규모 역시 낱낱이 적혀 있었다. 이는 자산 규모가 기준을 넘지 못하면 아이를 가질 수 없다는 뜻과 같았다. 그렇게 십 년 동안 태어날 아이의 숫자는 정해졌다. 그 정책에 반기를 드는 사람은 없었지만 예정 없이 태어난 갓난아이를 데리고 가 어떻게 하는지는 아무도 알지 못

했다. 마찬가지로 아이를 빼앗기지 않기 위해 도망친 부부가
어떤 최후를 맞게 되는지도.

톨가는 아버지가 투병 생활을 하고 있어 집을 나오지 않았
다. 아버지의 수족이 되어야 했기 때문이다. 그러니 이렇게 친
구들이 집에 있는 날이면 톨가는 아직 느껴보지 못한 독립의
자유로움을 누리기 위해 친구들의 집을 전전했다.

마르코가 잠이 덜 깬 상태로 문을 열자, 톨가는 좋은 아침
이라는 인사를 건네고 빠르게 집안으로 들어왔다. 손에는 같
이 먹으려고 산 아침거리가 들려 있었다.

식사하면서도 톨가는 휴대전화를 붙든 채 누군가와 계속
채팅중이었다. 광대가 봉긋 솟을 정도로 웃고 있는 것을 보
니 분명 버스에서 만났다던 사람과의 대화일 터였다. 톨가가
저렇게 시도 때도 없이 누군가와 웃으며 대화한 지 꽤 되었지
만, 마르코는 여태껏 톨가에게 직접적으로 그와의 관계를 물
어본 적 없었다. 관심이 없었다고 말하는 게 가장 솔직한 이
유일 것이다. 하지만 오늘은 달랐다. 마르코는 밀가루 반죽을
얇게 펴 구운 시트에 땅콩잼을 엷게 바른 빵을 먹으며 계속
톨가의 표정을 살폈다. 유오나 의주였다면 톨가에게 아무렇지
않게 물었겠지만, 마르코는 쑥스러움이 밀려와 자꾸 말문이
막혔다.

"연락하는 건 그 형?"

마르코가 에둘러 물었다. 톨가는 곧장 고개를 끄덕였다. 그렇게 어렵게 던진 질문이 소득 없이 끝날까 걱정했는데, 톨가는 물어봐주기를 기다리고 있던 것처럼 들뜬 목소리로 말을 이었다.

"내일도 형이랑 만나기로 했어. 이번이 벌써 다섯번째로 만나는 거야."

톨가는 마르코와의 대화에 흥미가 생겼는지, 그제야 휴대전화를 놓고 마르코에게 집중했다.

"저번에는 형이랑 산책로를 다섯 시간이나 걸었어. 너 산책로에 있는 시계탑 알지? 정각이면 뻐꾸기가 튀어나와서 울잖아. 근데 다섯시에는 안 우는 거 알아? 나도 그때 처음 알았어."

마르코는 몰랐다고 대답했다. 산책로에 시계탑이 있다는 것도 인식하지 못하고 있었다. 톨가의 말을 들은 후에야 어렴풋이 시계탑이 그곳에 있었다고 떠올리는 수준이었다. 이런 식으로 톨가의 말을 통해 듣는 도시 곳곳은 마르코가 알고 있던 곳과 달랐다. 톨가의 이야기는 모험담 같았다. 그 형과 함께 숨겨진 보물을 찾듯 사람들의 시선과 발길이 닿지 않는 곳을 파헤치며 둘만의 도시를 구축해나갔다.

톨가의 표정은 황홀한 꿈을 꾸는 듯했다. 그런 톨가의 얼굴이 마르코에게는 무척 낯설게 느껴졌다. 톨가는 뭐랄까, 마르코가 갈 수 없는 차원 속에 있는 것만 같았고 그 차원은 톨가에게 이전에 없던 무언가를 짊어주었다.

행복과 책임감은 같은 수레를 타고 있다던 의주의 말이 떠올랐다.

'둘 중 하나라도 빠지면 그 수레는 레일에서 이탈하거나 뒤집혀. 책임감 없는 행복은 위험하고, 행복 없는 책임감은 고통스러운 거야.'

의주는 종종 이런 식으로, 행복 없는 책임감을 짊어진 듯한 표정으로 말했다.

그 말의 뜻이 무엇인지 마르코는 아직 완벽히 이해하지 못했지만, 톨가의 표정은 행복과 책임감이 적절히 섞인 수레처럼 만족스러워 보였다.

한참 동안 자신의 이야기를 줄줄 뱉던 톨가가 마르코에게 물었다.

"그래서 너는?"

마르코 역시 어떤 이야기를 꺼내고 싶어한다는 걸 알고 있다는 말투였다.

"너도 지금 나랑 같은 상태인 거지?"

마르코는 아닌 척 시치미를 뗄 수 없었다.

하지만 쉽사리 말이 나오지 않았다. 자신이 은희를 대하는 마음이, 톨가가 그 형을 대하는 마음과 같은가. 이 질문이 계속 마르코를 파고들었다. 마르코는 좋아한다는 것이 무엇인지, 톨가가 그 형을 생각하는 마음이 어떤 것인지 알지 못했다. 마르코의 마음은 마르코조차 처음 겪는 것이었다.

마르코가 대답을 망설이자, 톨가는 유능한 심리 상담가처럼 부담을 내려놓고 말하라고 조언했다. 마르코가 떠올리고 있는 대상의 어떤 점을 가장 먼저 소개하고 싶은지, 그것에 집중하라고도 덧붙였다.

"목소리가 아름다워."

톨가의 조언을 듣자 말을 내뱉는 게 어렵지 않게 느껴졌다. 아니, 오히려 기다렸다는 듯이 말이 튀어나왔다.

마르코는 제작실에서 처음 은희의 노랫소리를 들었던 순간부터 함께 점심을 먹었던 것, 그리고 어제 잠들기 전까지 은희를, 그리고 은희의 노랫소리를 떠올렸던 것을 숨김없이 말했다. 은희의 이야기를 톨가에게 하는 동안 마르코는 마음에서 일어나는 모순된 두 가지 감정을 느꼈다. 하나는 후련함이었고 하나는 단단해짐이었다. 은희에 관한 이야기를 하면 할수록 마음에 있던 은희가 빠져나감과 동시에 그 자리에 더 단단한 은희가 들어찼다. 풍선처럼 부풀었던 마음이 쪼그라들며 단단한 광물처럼 빛났다.

줄곧 듣기만 하던 톨가는 마르코의 마음을 이렇게 정리했다.

"너 그 사람의 목소리에 흠뻑 빠졌구나! 그 목소리를 사랑하는 거야. 상대방이 가진 만 가지의 특징 중에서 단 하나의 특징이 마음에 쏙 들어오면, 사랑이 시작되는 거 같아. 나는 그 형이 문장 끝에 마침표를 잘 찍는 게 그렇게 좋았어. 다른 사람들은 그 말투가 딱딱해서 정이 안 간다고 하던데, 나는 자기 생각이 확고한 사람 같아서 좋았거든."

톨가가 돌아간 뒤, 마르코는 한동안 톨가의 말을 곱씹었다. 톨가의 말은 해답 같으면서도 마르코를 더 어렵게 만들었는데, 은희를 사랑하는 것인지 은희의 목소리를 더 듣고 싶은 것인지 구분이 어려워졌기 때문이다. 두 가지가 정말 같은 것일까? 그 질문의 답을 찾으려면 목소리를 잃은 은희를, 더는 노래를 부를 수 없는 은희를 상상해야 했는데 그것 자체가 괴로워 생각을 이어나갈 수 없었다. 은희의 노래를 다시 듣고 싶어질 뿐이었다.

*

은희의 웃음소리. 마치 인공 폭포의 물줄기 같은 시원함.

은희는 자기 허벅지를 팡팡, 내리치며 시원한 웃음을 몇 차례 더 터뜨렸다. 그러는 동안 마르코는 자신이 말실수를 한 걸까, 어떤 부분이 우스워 보였던 걸까 하는 조마조마한 생각으로 혼란스러웠다.

'네 노래를 듣고 싶어.'

곱씹을수록 투박하고 직설적이었다. 톨가는 뭐든 조심스럽고 부드러운 게 좋다고 했는데. 그것이 조금 더 성숙해 보이는 방법이라고 했는데 마르코의 말은 장난감을 사달라는 아이처럼 솔직했다. 할 수만 있다면 던진 말을 주워 담고 싶었다.

두 사람은 회사 휴게실에 앉아 있었다. 둘 다 야간 근무였고, 마르코는 조금이라도 은희와 더 오래 이야기하기 위해 출근 한참 전에 도착해 휴게실에서 은희를 기다렸다. 약속된 만남은 아니었다. 은희는 시간에 딱 맞춰 올 수도, 어쩌면 지각을 할 수도 있었다. 조금 더 일찍 올 수 있느냐고, 하다못해 몇 시에 오느냐고 물을 수도 있었지만 마르코는 그러지 않았다. 그렇게 묻는 것만으로도 은희를 보고 싶어하는 마음이 들킬 것 같아서 조심스러웠다. 못 보면 어쩔 수 없다는 마음이었는데 은희는 다행히 한 시간가량 일찍 회사에 도착했다. 휴게실에 있던 마르코를 보고 놀랐다가 곧바로 반갑다며 웃었다.

그렇게 둘뿐인 휴게실에 앉아 대화를 나누었는데, 마르코가 조금 전에 멍청한 말을 던진 참이었다. 말을 무르고 싶다. 그 간절함이 배가될 즈음, 그래서 기어코 방금 한 말은 못 들은 걸로 해달라고 내뱉으려던 순간 은희가 광대를 문지르며 물었다.

"나 노래 잘하니?"

다시는 그렇게 멍청해 보이는 행동을 하지 않겠다고 방금 다짐해놓고, 마르코는 조금의 망설임도 없이 고개를 끄덕였다. 마르코는 자신의 행동이 부끄러웠지만 은희는 오히려 그 반응이 만족스러운 듯 웃었다. 그리고 손에 턱을 괴며, "내가 우리 엄마를 닮았나보다" 하고 웃었다.

"우리 엄마는 모든 말에 음을 붙이는 습관이 있었거든. 물건을 찾을 때나 청소할 때도. 특히 설거지할 때는 몇 곡씩 완창하고는 했어. 우리 엄마, 노래 정말 잘하거든. 내가 딸이어서 하는 말이 아니라."

마치 마르코가 그 말을 의심하기라도 하는 것처럼 은희는 마지막에 억울한 듯 목소리에 힘을 실었다.

"그러실 거 같아. 너만 봐도."

하지만 마르코는 이번에도, 아이처럼 단번에 수긍했고 도리어 은희가 멋쩍은 듯 헛기침을 했다. 업무 시간이 가까워졌다. 은희가 먼저 몸을 일으켰다. 오늘도 마르코보다 은희의 근무지가 더 멀었다. 자꾸 은희만 먼 곳에 배정되는 느낌이었다. 마르코가 따라 일어나려고 하자, 은희가 마르코를 만류했다.

"너는 더 쉬다가 일어나. 가깝잖아."

괜찮았지만. 짧은 거리라도, 혹은 은희를 데려다줘도 됐지만 마르코는 주춤거리다 고개를 끄덕였다. 이럴 때 은희에게 데려다주겠다고 해도 되는 걸까? 은희가 아닌 다른 친구들이었다면 주저 없이 같이 걷자고 말했겠지만, 은희에게는 쉽지 않았다.

"노래는 말이야."

은희가 자리에 선 상태로 말했다.

"여기서는 좀 부끄러우니까 같이 재즈 바에 가자. 마음껏 불러도 이상하지 않은 곳에서."

이번만큼은 바로 대답했어야 했는데 그러지 못했다. 은희의 말뜻을 이해하지 못한 것이 아니라, 너무 단번에 이해해서 그랬다. 떨려서 그랬다고 표현하는 게 적당했다. 하지만 은희는 마르코의 대답을 들은 것처럼 그럼 끝나고 연락하겠다며 자리를 떴다.

그날, 근무하는 내내 마르코는 은희의 생각을 할 줄 알았다. 끝나고 연락이 오기를 기다리는 것이 맞을지, 분명 자신이 먼저 휴게실에 도착할 테니 먼저 연락하는 게 좋을지. 그게 아니면 기다렸다가 아침을 같이 먹고 헤어지는 게 나을지. 이건 좀 부담스러운가? 이런 생각으로 가득찰 줄 알았으나, 틀렸다. 마르코는 선배인 커커스를 생각하고 있었다. 어쩔 수 없었다.

은희를 먼저 보내고 휴게실을 나오던 마르코는 아직 교대 시간이 되지 않았는데 멋대로 일을 마치고 돌아온 커커스와 마주쳤다. 커커스의 표정에는 분노와 결단이 내려앉아 단단해 보였다. 마르코에게 이곳 일을 설명해주던 서글서글하고 친절한 선배의 모습은 보이지 않았다. 앞만 보고 질주하는 투우처럼 들어오던 커커스는 가까스로 마르코를 알아보고 인사를 건넸다. 마르코는 어쩐지 걱정되어 선배에게 근무 시간이 아니냐고 물었다. 그러자 커커스는 세차게 고개를 끄덕였다.

"그렇지, 지금은 근무 시간이 맞지. 하지만 나는 아니야. 나는 지금부터 동료들과 파업할 거니까."

*

은희와 만나기로 한 바는 B45층에 있었다. 이렇게 깊은 곳까지 내려오는 건 처음이어서, 마르코는 승강기의 숫자가 바뀌는 모습을 잔뜩 긴장한 채 노려보았다. 옷을 너무 신경써서 입으면 우스울 수도 있다며 톨가는 무난한 남색 셔츠 위에 니트를 골라주었다. 톨가는 B45층에 가본 적 있다는 듯, 그곳을 돌아다닐 때는 어깨를 당당히 펴야 만만하게 보고 시비를 걸어오지 않는다고 조언했다. 그리고 특별히 마르코를 위해 챙겨 왔다며 콩기름을 굳혀 만든 밤과 손톱깎이를 꺼냈다.

톨가는 마르코의 손톱을 깔끔하게 잘라주고, 밤을 큐티클 부위에 골고루 발라주었다. 톨가는 이런 게 중요하다고 했다. 호감을 느끼는 건 한순간이지만 사랑에 빠지는 건 엄청나게 사소한 기준을 여러 차례 통과해야 하는 것이라고. 더러운 손톱 때문에 청결에 직결되는 부분에서 탈락하면 전망이 좋지 않다고 했다. 마르코는 손톱이 반듯하게 잘린 손을 쥐었다, 폈다 하며 B45층에 도착하기를 기다렸다. 카지노와 각종 유흥업소가 있는 곳으로, 이 도시에서 유일하게 술이 허용되었기에 길에 이상한 사람이 잔뜩 있다는 소문을 들었다. 예전에 친구들과 함께 영화에서 보았던, 축축하고 어두운, 눈이 반쯤 풀린 사람들이 손에 마약이 든 주사기를 들고 다니는 뒷골목을 상상하며 침을 꿀꺽 삼켰는데 마르코의 눈앞에 펼쳐진 것은 때아닌 크리스마스 거리였다.

인공 눈이 거리 곳곳에 쌓여 있었고 꼬마전구가 주렁주렁 매달린 구조물들이 거리를 밝히고 있는 가운데 캐럴이 울려 퍼졌다. 여태껏 크리스마스를 글과 영상으로만, 한 해 끝 무렵이 되면 땅콩 볶음을 포장해 나눠주는 사람들의 행위로만 접했던 마르코는 그 풍경이 낯설었다. 길 잃은 아이처럼 우두커니 서 있는 마르코 옆에 누군가 다가와 섰다.

"지금 콘셉트는 크리스마스야. 저번에는 핼러윈이었어. 그 전에는 여름밤 불꽃 축제."

마르코와 눈이 마주치자, 은희가 방긋 웃었다. 은희의 차림은 평소와 다르지 않았다. 다른 게 있다면 앞머리였는데, 눈썹 위로 가지런히 내려오던 앞머리를 옆으로 넘겨 자연스럽게 흘러내리도록 했다. 그거 하나 바뀌었다고 은희는 조금 더 성숙해 보였다. 고독하고 쓸쓸한 분위기였다. 은희는 한순간에 어른이 된 것 같았다. 이곳에서 조금도 튀지 않는.

"여기는 늘 이런 식으로 콘셉트가 있어. 예쁘지 않니? 몰랐지? 여기가 이렇다는 거."

은희가 고개를 돌렸다. 꼬마전구의 불빛들이 은희의 눈동자에 담겼다. 이곳의 빛이 전부 그 눈동자로 빨려 들어간 것만 같았다.

은희의 말대로 마르코는 이런 곳이 있다는 걸 전혀 모르고 있었는데, 생각해보면 아직 술을 마시지 못하는 마르코가 B45층의 풍경에 대해 들을 기회는 없었다. 술은 열여섯 살부터 허용됐으므로, 마르코는 반년 뒤 생일이 지나야 올 수 있는 곳이었다. 그러니 은희가 노래를 부를 수 있는 재즈 바에 가자고 했을 때 십육 세 미만이 들어갈 수 있는 곳이 있는 줄 알았고, B45층으로 오라고 했을 때도 거기에 그들이 들어갈 수 있는 가게가 있는 줄만 알았다.

"누가 말을 걸면 자연스럽게 대답하고, 나이를 물으면 열여섯 살이라고 대답해. 더 높여 부르면 들킬 수도 있으니까."

은희는 가게 앞에서 마르코에게만 들릴 정도로 작게 속삭였다. 그러곤 아침에 열심히 정리한 마르코의 머리를 헝클더니 꽉 잠근 셔츠 윗단추도 하나 풀어주었다.

"너무 단정하면 몸이 뻣뻣해 보이니까. 여유롭게."

굳어 있는 마르코의 손을 잡고 은희는 내부가 어둑어둑한 재즈 바로 마르코를 이끌었다. 은희는 입구에 서 있는 직원과 안부를 주고받으며 안으로 들어갔다. 마르코의 차례가 왔다. 직원은 마르코가 의심스러운지 눈을 가늘게 뜨고 위아래로 훑어봤다.

"너……"

직원이 잠시 말을 멈추었다. 아무래도 들킨 것 같다고 생각하고, 포기하려 한 그 순간 직원이 마르코의 어깨를 툭 쳤다.

"영양제 골고루 먹어야겠다, 인마. 키 커야지."

그러고는 곧바로 뒤에 선 손님에게 말을 걸었다. 마르코는 안도의 숨을 내뱉고 컴컴한 실내로, 은희가 있는 재즈 바로 걸음을 옮겼다.

넓지 않은 가게는 사람으로 가득했다. 의자가 딸린 테이블에 앉아 있는 사람도 있었고, 바텐더를 바라보는 긴 테이블에 앉아 있는 사람도 있었다. 은희는 입석 테이블을 하나 잡고 마르코에게 손을 흔들었다. 마르코는 사람들 틈을 뚫고 은희에게 향했다. 사람들은 물먹은 솜 인형처럼 무거웠지만 큰 저항 없이 길을 터주었다. 마르코는 자신에게 살짝 높아, 팔을 편히 걸칠 수 없는 테이블 앞에 섰다. 은희는 마르코의 귓가에 속삭이듯 무알코올 음료를 시켜두었다고 말했다.

가게 한쪽에는 무대가 있었다. 연주자들이 합주를 준비중이었다. 마르코가 그들을 쳐다보자, 은희가 악기를 소개했다. 피아노와 베이스, 드럼, 콘트라베이스, 그리고 색소폰. 이름만 들어본 악기들이었다. 실제로 보는 건 처음이었다. 피아니스트가 의자를 끌어당겨 자세를 잡았다. 목을 좌우로 풀어주고 건반 위에 손을 올렸다. 그리고 쿵. 작은 건반 소리가 시끌벅적한 소음을 뚫고 마르코의 귀에 꽂혔다. 소리는 곧장 외이도를 타고 흘러가 심장으로 떨어졌다. 악기의 음률은 잘게 분열되어 몸 전체로 퍼졌다. 꼭 은희의 목소리 같았다.

끊임없이 입장하는 손님과 서빙하는 직원들로 어수선했지만 연주자들은 준비를 마치고 마이크를 잡았다. 색소폰 연주자가 크흠, 헛기침하자 각자 일을 보던 사람들이 전부 무대로 고개를 돌렸다. 아직 한마디도 하지 않았는데 누군가 박수쳤고, 또 누구는 휘파람을 불었다. 그때 테이블 위로 은희가 시킨 음료가 나왔다. 파랑과 초록, 보랏빛이 오묘하게 섞여 있고 그 안에 흰 점들이 두둥실 떠다니는, 마치 밤하늘을 떠다 만든 듯한 음료에 마르코는 입을 다물지 못했다. 이렇게 아름다운 음료가 있을 수 있다니. 마르코는 한 모금도 마시지 못할 것 같았다.

"바다눈이야."

은희가 말했다.

"이 음료 이름."

음료의 푸른색을 가리키며.

"이건 바다."

그리고 그 안에 떠다니는 흰 점을 가리키며.

"이건 눈."

"바다에 눈이 왜 내려?"

마르코가 물었다. 곡 소개를 끝낸 색소폰 연주자가 연주를 시작했다. 가게 안에 색소폰 소리가 꽉 들어찼다. 은희가 더 가까이 다가와 속삭였다.

"바다눈이라는 건, 커다란 바다 생물의 사체에서 나오는 배설물이나 미생물이 눈처럼 내려서 붙여진 이름이야. 죽음의 잔해라는 거지. 그러니까 네가 먹는 건 고래의 똥?"

은희는 그렇게 말하고 짓궂게 웃으며 멀어졌다. 장난기 가득한 표정으로 음료를 마시며 웃었는데, 형형색색의 미러볼 조명이 은희의 얼굴에 잔뜩 내려앉아 은희는 그 자체로 우주 같았다.

별이 뜬 하늘을 볼 수 있는 구역이 있다. '스페이스 스카이'라 불리는 이곳의 하늘은 진짜가 아니고, 계절의 밤하늘을 천장 스크린에 띄워놓은 곳이다. 예약 사이트가 열리면 단 몇 분 만에 한 달 치 예약이 전부 차는 곳인데, 마르코는 벌써 열다섯 번이나 갔다. 혼자서도 갔고 시간이 되는 친구들과도 갔으며 때때로 여섯 명이 다 함께 가기도 했다. 친구들에게 말한 적은 없지만, 마르코는 우주를 무척 좋아했다. 유오가 식물을 좋아하듯이. 다른 점이 있다면 유오는 언젠가 반드시 지상의 식물을 만날 수 있을 거라 믿고 있지만 마르코는 아니라는 점이었다. 마르코는 은하수가 펼쳐진 지구의 밤하늘을 보지 못할 거란 확신이 있었고, 그래도 상관없었다. 스페이스 스카이에서 밤하늘을 볼 수 있으니까. 가장 아름다운 기억을 모아

만든 하늘이 있으니까. 실제로 보면 실망할 것 같았다. 그럼 좋은 걸 잃게 되는 거니까.

이런 말은 조금 과장일 수 있지만, 소마나 치유키가 들었다면 닭살을 보이며 싫어했겠지만, 은희는 마르코가 스페이스 스카이에서 보았던 밤하늘의 은하수만큼이나 반짝였다. 굳이 세세하게 이야기하자면 은희가 무한한 밤하늘이었고 미러볼의 빛이 은하수였다. 콧등과 광대의 굴곡을 타고 지나가는 빛과 그 빛보다 더 반짝이는 은희의 눈동자, 그리고 심장에 내려앉는 악기의 울림이 마르코를 다른 세상으로 데려다 놓았다. 지상의 밤하늘을 실제로 본다면 꼭 이런 느낌일까.

노래를 마음껏 부를 수 있는 곳이라고 했지만 음악에 가사가 없었다. 즉흥적인 연주가 대부분이었고, 은희도 노래를 부르기보다 살랑살랑 몸을 흔들 뿐이었다. 목소리를 들을 수 있으면 좋을 텐데. 이렇게 음악 소리가 꽉 찬 공간에서는 은희가 노래를 불러도 들리지 않을 터였다. 노래를 듣지 않아도 이미 충분한 행복감을 느꼈으니, 마르코는 그쯤에서 마음을 접었다.

그런데 직원이 은희에게 다가와 귓속말하고 가더니, 연주가 끝나고 색소폰 연주자가 다시 마이크를 잡자, 은희가 좀 이따 보자며 훌쩍 자리를 떴다. 따라가려는 순간 주변이 밝아졌다. 연주자들과 눈이 마주칠 수 있는 자리였기에 지금 자리를 뜨면 예의가 아닌 것 같아 마르코는 다시 무대를 바라보았다. 연주에 대한 짧은 소감과 다음 곡에 관한 소개가 이어졌는데 마르코는 그 말들을 귓등으로 들으며 눈으로 바쁘게 은희를 찾았다. 화장실을 들락날락하는 사람 중에도, 출입구를 오가는 사람 중에도 은희는 없었다. 자신과 이곳에 온 걸 후회하는 걸까? 막상 둘이 오니 지루하고 시간이 아깝다고 느껴질 수도 있지. 정말 그런 것이라면 섭섭하기는 하겠지만 자신은 재미있는 사람과는 거리가 멀다는 걸 알고 있었기에 당연한 결과처럼 느껴졌다. 그래도 자신만은, 은희가 이곳을 소개시켜준 성의가 있으니 끝까지 즐겨야겠다고 생각한 그때, 마이크를 붙잡고 수줍게 인사를 건네는 익숙한 목소리에 마르코가 고개를 번쩍 들었다. 은희가 무대 위에 있었다.

은희는 마르코와 눈을 맞추며 관객들에게 자신을 소개했다. 도대체 은희가 왜 저기에 있는지, 그 질문의 문장을 다 완성시키기도 전에 장내가 어두워지며 연주가 시작되더니 은희가 노래를 불렀다. 그 청량하고도 탁한 음성. 부드럽게 휘감기면서 까슬까슬한 잔여물을 남기는, 깊고 편안하며 동시에 처량하고 쓸쓸한 목소리가 꽉 채웠다. 재즈 바 안을, 그리고 마르코의 몸을.

훗날 마르코는 친구들과 머리를 맞대고 누워 스페이스 스카이를 바라보던 밤, 은희의 노래를 떠올리며 이렇게 말했다.

'거대한 고래의 울음 같았어. 영상 자료실에서 혹등고래 울음을 들은 적이 있는데, 꼭 그 소리 같았어. 대답해주는 고래가 근처에 없는데, 혼자 계속 우는.'

그날 마르코가 바라보던 스페이스 스카이의 밤하늘은 컴컴한 심해 같았고, 빛나는 별은 잘게 부서진 은희의 목소리 같았다.

은희는 총 세 곡을 불렀다. 곡과 곡 사이 관객들과 대화를 나누었는데 오늘이 처음이 아닌 모양인지 얼굴을 익힌 관객들과 그간의 안부를 묻기도 했다. 은희는 뭐랄까, 정말로 어른 같았다. 열여섯 살을 흉내내는 열다섯 살이 아니라, 마르코는 아직 겪지 못한 세계에 이미 편입한 듯한.

은희는 오늘 친구가 보러 왔다고 말을 덧붙였다. 사람들이 재즈 바 안을 두리번거리며 친구를 찾는 듯하자, 은희가 그들을 말렸다.

"부끄러움이 많은 친구예요. 찾지 마세요. 다 못 보고 도망갈라."

오히려 그 말에 사람들은 홀로 얼굴을 붉히고 있는 마르코를 단번에 알아볼 것 같았지만, 어쨌거나 다들 은희의 말을 따라 찾는 걸 멈추었다. 은희는 마지막 한 곡을 더 부르고 무대에서 내려왔다. 마지막 곡은 캐럴이었다. 처음 듣는 노래였는데 마르코는 은희의 목소리와 참 잘 어울린다고 생각했다.

무알코올 음료를 마셨는데 마치 독한 양주 한 잔을 털어 마신 것처럼 두 사람은 적당히 흥겨운 상태로 가게를 나왔다. 마음 같아서는 다른 가게로 들어가고 싶었지만 은희가 뚫을 수 있는 가게는 그 재즈 바 하나뿐이었다. 두 사람은 아쉬운 마음으로 승강기에 몸을 실었다. 창백한 승강기 불빛이 몸을 감싼 흥분감에 몽환적인 낭만을 한 방울 섞었다. 쉼 없이 웃던 두 사람은 눈이 마주치자 웃음을 서서히 멈췄고, 의도하지 않은 낯선 정적이 가득찼다. 어색한 헛기침을 내뱉다가 은희가 먼저 말을 건넸다.

"노래 괜찮았어?"

마르코가 고개를 끄덕이고는 물었다.

"거기서 일하는 거야?"

"아니. 취미이자 봉사? 지금은 나이를 속이고 있잖아. 나중에 정식으로 돈 받으려고. 근데 사실 평생 이렇게 취미로 남아도 좋아."

마르코의 생각은 조금 달랐다. 은희의 노래에 상응하는 값이 얼마인지는 잘 모르지만 은희를 통해 행복감을 얻은 사람들이 꼭 그 값으로 고마움을 표현했으면 했다. 그게 꼭 돈이 아니라도. 되도록 돈이면 더 좋겠지만. 하지만 이 말까지 하는 건 조금 주제넘은 것 같아, 마르코는 다른 말을 꺼냈다.

"다음에도 보러 올게."

한 번만 온다는 뜻으로 알아들으면 어쩌지, 그건 아닌데.

"시간 되면 언제든."

인심 쓰는 것처럼 들리면 어쩌지, 그 마음이 아닌데.

"시간 내서."

세 번에 걸친 말이 마무리되어서야 가만 듣기만 하던 은희가 웃었다.

은희와 헤어진 찰나, 회사에서 전화가 왔다. 너무 늦은 시간이어서 잘못 걸린 줄 알았는데 한 번 끊긴 후 곧장 다시 오는 걸 보고 마르코가 전화를 받았다.

―지금 대타가 필요해서. 출근해야겠는데. 바쁜가?

"······아뇨."

―그래, 그럼 당장 와주게나.

뚝, 끊긴 전화를 들고 마르코는 잠시 그 자리에 서 있었다. 이 시간에 바쁠 이유가 뭐가 있겠는가. 하지만 마르코는 내일 아침 근무였다. 지금 가서 곧장 자도 여섯 시간을 채 채우지 못한 상태로 일어나야 했다. 팀장이 그걸 모르고 있는 걸까?

그럴 리가 없을 텐데. 팀장은 모든 직원의 근무 일정을 알고 있는 사람인데. 하지만 마르코는 그만큼 급한 사정일 거라 생각하며, 오래 잡아두지는 않을 거라 믿었다.

마르코는 영문도 모른 채 새벽 꼬박 일했다. 낮에 쉬지 못했으므로 서서 졸기도 했다. 집에 도착했을 땐 출근을 위해 한 시간 뒤에 일어나야 하는 일정이었다. 씻는 시간도 아까웠고 침대에 누우면 일어나지 못할 것 같아 마르코는 소파에 앉아 잠시 눈을 붙인 뒤 도로 출근했다.

한 번으로 끝날 줄 알았던 대타 출근은 그 뒤로도 계속되었다. 처음 몇 번은 바쁘냐고 물어보던 팀장도 어느 순간부터는 일방적으로 근무를 통보했다. 경비 직원 삼십 명이 파업중이라는 소식을 얼마 지나지 않아 알게 되었다. 회사에 임금을 올려달라 협상중이라고 들었는데, 마르코는 아직 입사한 지 일년이 되지 않았고 계약된 금액이 제때 알맞게 들어왔으므로 그 파업에 큰 관심을 두지 않았다. 모두 이곳에서 일한 지 삼년 이상 된 사람들이니 자신이 알지 못하는 속사정이 있으리라 생각했다. 파업은 오래가지 않을 터였다. 이렇게 다른 근무자들에게 피해를 주면서까지 길게 할 일이 아니라고 여겼다.

평소보다 업무량이 많아져 잠자는 시간도 줄었다. 식사 시간에는 밥 대신 잠을 청할 때가 더 많아졌다. 먹은 게 제대로 없으니 위가 아팠고, 가끔 근무를 서다 코피가 나기도 했다. 일주일에 한 번씩 있는 운동 수업에서도 제대로 된 역량을 발휘하지 못했다. 틈틈이 은희를 만날 수 있었는데, 은희의 사정도 마르코와 별반 다르지 않았다. 은희도 그날 이후로 재즈 바에 가지 못했고 늘 초과 근무를 견뎌내고 있었다. 그래도 그때까지는 괜찮다고 여겼다. 팀장은 초과 근무 수당까지 철저하게 쳐서 준다고 했고, 웬일인지 키가 지난달보다 삼 센티미터나 컸기 때문에 마르코는 그럭저럭 견딜 만했다. 아니, 바쁜 와중에도 짬을 내어 은희와 시간을 보낼 수 있다는 게 즐겁기까지 했다.

하지만 이 즐거운 흐름이 끊긴 건 월급날이었다. 마르코가 초과 근무와 심야 수당을 합산해 계산했던, 삼백사십 듈보다 백사십 듈이 부족했다. 마르코는 자신의 계산이 틀렸던 건가 싶어 다시 계산해봤지만 역시 적게 들어온 게 맞았다. 마르코는 이해되지 않아 평소보다 일찍 출근해 팀장을 찾았다.

"이번 달은 어쩔 수 없었어. 초과 근무가 너무 많으면 노동 심의에 걸려. 그래서 일단 걸리지 않게끔 근무 시간을 잘랐는데, 걱정하지 마. 나머지는 다음달에 보너스로 들어갈 거야."

팀장의 말은 절반 정도 사실이었다. 다음달 월급에 지난달에 받지 못한 수당이 더 들어왔지만, 문제는 백사십 듈이 아닌

오십 듈 정도만 추가로 들어왔고 그달에 했던 초과 근무 수당은 끼어들지도 못한 상태였다. 팀장은 똑같은 말만 되풀이했다. 어차피 받게 될 텐데 뭘 그렇게 유난스럽게 보채냐는 말도 덧붙이긴 했지만. 마르코는 꼭 자신이 돈을 더 달라고 떼쓰고 있는 것 같아 더 묻지 못했다.

파업은 끝날 기미가 보이지 않았다. 커커스도 여전히 그 속에 섞여 있었다. 파업을 시작한 지 며칠 지나지 않았을 때는 의욕이 넘쳐 보였던 커커스는 시간이 흐를수록 말수가 줄었고 마르코와 마주치면 어색하게 웃고 지나칠 뿐이었다. VA2X를 챙겨 먹고 있기는 한 걸까? 안색이 좋지 않은 커커스를 볼 때마다 그런 걱정을 했다. 하지만 그 이상의 관심은 두지 않았다. 한편으로는, 일하는 시간이 많아진 만큼 월급이 많아져 좋기도 했다. 어서 빨리 모든 게 원래대로 돌아온다면. 파업이 끝나고 이전처럼 시간을 쓸 수 있다면. 모아둔 돈으로 친구들에게 먹을 만한 음식을 사주고, 은희와 함께 재즈 바에 가서 이번에는 자신이 음료를 사고 싶었다. 그때까지 마르코는 이 모든 것이 금방, 별 탈 없이, 원래대로 돌아갈 것이라 믿었다.

며칠 뒤, 그날도 초과 근무를 마치고 퇴근한 마르코는 회사 휴게실에서 은희가 일을 나오지 않았다는 소식을 들었다. 다른 직원이 은희를 대신해 출근했고, 그 직원은 어제도 새벽에 끝났는데 자지도 못하고 왔다며 불만을 토해냈다. 은희가 무슨 사정으로 출근하지 못했는지 알고 싶어 부러 천천히 퇴근 준비를 했으나 결국 알아내지 못했다. 일을 나오지 못할 정도로 급한 일이랄 게 뭐가 있을까. 떠오르는 생각들은 죄다 마르코의 마음을 불편하게 만드는 것들뿐이었다. 심각한 일은 아닐 거라고 마르코는 애써 마음을 달랬다.

그렇지만 은희는 다음날도 나오지 않았다. 은희의 근무를 대신 맡아달라는 부탁이 마르코에게 온 것이다. 마르코는 곧장 출근하겠다고 대답하고, 전화를 끊기 전 은희가 왜 못 나오는 것인지 그 사정을 조심스레 물었다.

—집안 사정이지, 뭐. 참 나. 그렇다고 이틀씩……

팀장은 혀를 차고 전화를 끊었다. 집안 사정이구나. 갑자기 다쳤다거나 어디가 아프다는 생각이 마음속에서 사라졌다. 아프지 않다는 건 정말 다행이었지만 집안 사정이라니.

마르코는 종일 마음이 쓰였다. 마음이 콩밭에 가 있으니 무전도 놓쳤고 자신을 부르는 연구원의 소리도 듣지 못했다. 결국 도중에 팀장에게 불려가 한소리 들었는데, 불행인지 다행인지 팀장의 말도 귀에 들어오지 않았다.

마르코의 기분은 퇴근 때까지 이어졌고, 퇴근길에 만난 유오는 그런 마르코의 상태를 단번에 알아차렸다. 언제나 표정

변화가 크지 않은 마르코였기에 유오는 이런 면에서 때때로 귀신 같았다.

"무슨 일 있어? 얼굴 엄청 우울해."

마르코는 어디서부터 말해야 할지 고민하다 결국 말하는 것을 포기했다. 하지만 유오는 그 침묵에서 속마음을 읽은 모양이었다.

"머리 이렇게 만지고 간 날이랑 관련 있는 거지?"

'이렇게'라는 단어를 말할 땐 지난번 마르코처럼 자기 머리에 가르마를 탔다.

"차인 건 아닐 거야. 너는 차였다고 우울해할 애가 아니니까. 오히려 마음을 전해서 후련해하겠지. 그 애한테 안 좋은 일이 생겼어?"

어쩌면 유오는 정말 귀신일지도 모르겠다고 생각하며, 마르코가 고개를 끄덕였다. 유오가 마르코의 어깨에 두 손을 올렸다.

"왜 걱정만 하고 있어?"

마르코는 고민하다, 도움을 요청하듯 물었다.

"뭘 사 가는 게 좋을까?"

"처음이야?"

"일단 찾아가는 건."

"그렇다면 빈손보다는 뭔갈 쥐고 있는 게 좋겠지? 그게 너한테도 덜 어색할 거야."

마르코는 잠시 자리를 옮겨 은희에게 전화를 걸었다. 은희는 통화 연결음이 오래가지 않아 평소와 다를 것 없는 목소리로 전화를 받았다. 여기서 조금 안심되었다. 마르코는 왜 전화를 걸게 되었는지 차분히 말했다. 집에 일이 생겼다는 말을 들었고, 걱정되었으며, 혹시 도와줄 일은 없는지를.

"뭐, 별일이 아닌 건 아닌데 유난스러울 건 또 아니야."

그 어떤 대답보다 어려운 말이었다. 적당한 대꾸가 생각나지 않았다. 유난스럽지 않아 다행이라고 하기에는 별일이었고, 심각하게 걱정하기에는 무던한 은희 앞에서 당사자도 아니면서 과하게 반응하는 것 같았다. 마르코가 머뭇거리자 은희가 용건이 끝났느냐고 물었다.

"응."

"......"

"......"

"더 할 말 남았구나?"

"보고 싶어서."

말은 본능처럼 툭 던져졌고 주워 담을 수 없었다. 마르코가 손쓸 수 없이 데구루루, 굴러간 말을 은희가 잡았다.

"그래? 보고 싶으면 봐야지!"

유오는 첫 방문에 사 갈 만한 적당한 간식을 함께 골라주었다. 덥석 과일 바구니를 사려는 마르코에게 이건 상대방이 부담스러워 엇비슷한 선물로 갚으려 할 것이라고 알려주었고, 마르코는 그 말을 듣고 말린 과일과 땅콩을 설탕에 볶아 굳힌 뒤 먹기 좋은 크기로 자른 간식을 골랐다. 사람마다 다르겠지만 은희라면, 받은 만큼 혹은 그보다 더 큰 선물로 보답할 것만 같았다. 마르코는 그런 부담을 주고 싶지 않았다.

은희의 집으로 가며 마르코는 잔뜩 긴장한 채, 친구 집에 놀러간다고 생각하라던 유오의 말을 곱씹었다. '너 거기서 긴장한 티 팍팍 내면 어색해지는 거 알지? 그러면 너 다시는 초대 안 할 수도 있어, 명심해!' 유오의 말은 마르코에게 경전과 다를 게 없었다.

몸을 잔뜩 감쌌던 긴장감은 모노레일에서 졸음과 함께 사라졌다. 옆에 앉아 있던 할머니가 깨우는 손길에 마르코는 창에 기대었던 머리를 똑바로 세웠다. 할머니는 어느새 마르코의 무릎에서 떨어진 선물 상자를 들고 있었다. 허겁지겁 선물 상자를 넘겨받고 창밖을 봤을 때, 모노레일은 빛 한 점 없는 긴 터널을 내려가는 중이었다. 모노레일을 탄 지 사십 분이 넘어갔다. 꽤 멀 거라는 말은 들었지만 마르코가 생각했던 것보다 훨씬 멀었고, 은희가 사는 동쪽 끝은 한 번도 가본 적 없는 곳이었다. 터널은 끝날 줄 몰랐고 컴컴한 창문은 거울처럼 마르코의 얼굴을 비추었다. 굳어 있는 얼굴을 억지로 움직이던 마르코는, 문득 재즈 바 무대 위에서 은희가 보았을 자신의 표정이 궁금해졌다. 따분해하고 있다고 오해하지는 않았을까. 뒤늦은 걱정을 했다. 앞으로 얼마나 더 가야 끝날지 모르는 터널을 지나며, 마르코는 다시 창에 기대었다. 이번에는 잠들지 않고 재즈 바에서 노래 부르던 은희를 떠올렸다. 더 깊은 곳으로 내려가며.

은희가 사는 구역은 집의 크기가 다른 곳보다 더 작아 현관이 창문처럼 다닥다닥 붙어 있는 곳이었다. 은희의 집도 그 집들과 다르지 않았다. 옆집과의 간격이 마르코가 겨우 팔 하나를 뻗은 정도였다. 사람이 누울 수 있는 너비조차 되어 보이지 않았다. 문을 두드리자 은희가 웃으며 나왔다. 정말로 올 줄 몰랐다면서, 잘 왔다고.

집 내부는 마르코가 사는 곳과 사뭇 달랐다. 너비는 바깥에서 가늠했던 것처럼 팔 하나를 벌린 정도였으나, 기다란 직사각형 구조라 세로로 길이가 길었다. 집은 마치 전시회장처럼 현관 지나 신발장이, 신발장 지나 화장실이, 그다음에는 작은 방, 붙박이장, 냉장고, 주방, 선반 그리고 큰방이 나오는 식이었다. 마주보는 방이나 가구는 없었고, 기껏해야 거울이나 액자 같은 것들이 반대편 벽에 허전하지 않게 걸려 있는 정도였다. 그리고 그 긴 끝에, 현관문과 마주보는 방문이 있었다.

은희는 집의 허리쯤 되는 주방에 멈추어 섰다. 바로 옆에 놓인 소파에 마르코를 앉히고, 마르코가 사 온 간식을 접시에 나눠 담았다.

"팀장이 내 욕 엄청나게 하지? 바빠 죽겠는데 빠진다고. 자른다고는 안 해?"

솔직히 말하자면 팀장뿐만 아니라 다른 직원들도 이렇게 정신없는 시기에 일을 빼는 건 예의가 아니라고 혀를 내둘렀다. 하지만 그 누구도 자른다거나 이럴 거면 그만두라는 식으로 말하지는 않았으므로, 마르코는 하지 않았다고 대답했다. 은희가 믿는 눈치는 아니었지만.

은희에게서 간식이 담긴 쟁반을 받다 땅콩우유가 조금 넘쳤다. 닦을 걸 꺼내주겠다며 은희가 수납장 문을 열었다. 그 안에 정리되지 않고 얽혀 있던 물건들이 쏟아져 나왔다. 성인용 기저귀와 압박 붕대 같은 것들도 섞여 있었다.

"여기 정리한다는 걸 깜빡했다."

은희는 침착하게 물건들을 정리했다. 도와줘야 할지 아니면 기다려야 할지 몰라 마르코의 엉덩이가 소파에서 반쯤 떴다.

"눈치보지 말고 편하게 앉아 있어. 손님한테 일 시키고 그러지 않으니까. 뭐, 눈치 보인다면 어쩔 수 없지만 도와주지 말라는 말이야. 그래야 네가 편하니까."

그렇게 말하며 은희는 물건 속에 뒤섞여 있던 손수건을 찾아 마르코에게 넘겼다. 마르코는 은희의 말을 따라 소파에 앉아 흘린 땅콩 우유를 박박 닦았다. 그때 종소리가 들렸다. 가장 끝 방에서 들려오는 소리였다.

"우리 엄마. 안에 계시거든. 잠시만."

하지만 은희가 방으로 가는 것보다 방에 있던 은희의 어머니가 문을 열고 나오는 속도가 더 빨랐다. 오른쪽 다리를 절뚝이며 걸어 나오는 그녀는 백발처럼 흰 원피스를 입은 채 다리 사이로 오줌을 흘리고 있었다. 마르코가 자리에서 벌떡 일어났다. 마주쳤으니 인사를 먼저 해야 할지, 아니면 손님이 온 줄 모르는 상태로 나오셨을 테니 고개를 먼저 돌리는 게 맞을지 몰라 마르코는 뒤돌며 안녕하세요, 하고 인사했다. 아무도 없는 벽에 대고 인사를 한 꼴이었다. 은희와 같은 회사에 다니는 직장 동료라는 말도 덧붙였다. 그쯤에서 은희가 말을 끊지 않았다면 마르코는 오늘 먹은 점심 메뉴까지도 다 말할 기세였다.

은희는 당황한 기색 없이 수건과 기저귀 하나를 챙겨 그녀에게 다가갔다.

"하여간 성격도 어지간히 급하셔. 그럴 거면 종은 왜 쳐? 그냥 나오면 되지."

"아유, 종 울리고 한참 기다렸어."

"또, 또 거짓말한다."

은희가 그녀 앞에 꿇어앉아 바닥에 떨어진 오줌을 닦자, 그녀는 그제야 마르코를 쳐다보았다.

"그래서 댁은 누구시라고?"

"엄마 딸 직장 동료. 엄마랑 노느라 회사 안 갔더니 걱정됐대."

"너는 왜 또 회사를 안 가고 그래."

은희는 그녀의 말을 장난스럽게 받아쳤다. 이 상황을 난감해하거나 숨기려고도 하지 않았다. 마르코가 거실에 있고, 은희가 용변을 실례한 어머니를 도와주고 있는 이 상황이 마르코에게는 무척 어렵고 당황스러웠으나 은희는 그래 보이지 않았고, 은희가 그래 보이지 않았기에 마르코도 몸에 잔뜩 주었던 힘을 풀 수 있었다. 은희는 어머니의 다리를 마저 닦은 뒤, 그녀와 함께 화장실로 향했다. 가는 길에 마르코에게 자리에 앉아 잠시만 기다려달라고 말했다. 마르코는 소파에 앉아 은희의 일이 끝나기를 기다리며 땅콩우유를 마시고 자신이 사

온 간식도 몇 개 집어 먹었다. 그러자 아까보다 한결 청결해진 모습을 한 그녀를 데리고 은희가 화장실에서 나왔다. 그 짧은 시간에 샤워도 마쳤는지 그녀는 아까와 다른 옷을 입고 있었고 비누 냄새도 은은히 풍겼다. 그녀는 한껏 밝아진 표정으로 마르코를 보고 웃었다.

"어머, 손님이 와 있었네."

조금 전 보았던 것은 잊은 듯한 말투였다.

"저는 은희 직장 동료 마르코라고 합니다. 만나서 반가워요. 집에 초대해주셔서 감사합니다."

그래서 마르코도 처음 건네는 척, 다시 인사했다.

"어유, 인물이 좋으네."

그녀가 해맑게 웃었다. 얼굴을 조금 붉히기도 했다.

"은희가 직장 생활은 잘해요? 얘가 워낙 성격이 불같아서 괜히 시비 걸고 다니는 건 아닐까 싶네."

"또 딸 흉본다."

"흉은 무슨! 걱정이지."

두 사람의 작은 언쟁에 마르코가 끼어들었다.

"잘해요. 무척요. 인정받고, 모두랑 잘 지내요."

그녀의 표정이 다시 온순해졌다.

"그래요. 편하게 있다가 가요. 얘, 맛있는 것 좀더 많이 꺼내

드려."

그녀는 말이 나긋나긋하고 몸짓이 느리고 우아했다. 걸을 때마다 오른쪽 다리를 절었지만 몸이 무너지지 않으려고 허리를 꼿꼿하게 폈다. 조금 전의 실수는 그녀가 준비한 연극처럼 느껴졌다.

그녀에게 치매가 생긴 지 햇수로 오 년이 되어간다는 말은 그녀가 잠든 뒤 은희를 통해 들었다. 첫해는 그럭저럭 그녀 혼자서 생활할 수 있었지만, 다음해가 되자 그녀를 옆에서 돌봐줄 사람이 필요해졌다. 그녀는 은희에게 자신을 돌봐달라고 말하고 싶지 않아 모아둔 돈으로 사람을 고용했지만 곧 돈이 다 떨어져 그마저도 할 수 없었다. 은희는 혼자 살던 집을 반납하고 어머니의 집으로 들어와 직접 돌보았다. 약은 어머니의 치매 진행 속도를 늦춰주었지만 그뿐이었다. 되돌리거나 멈추는 것은 불가능했다.

"뇌를 새로 갈아끼우는 것도 알아보기는 했는데, 진행된 뒤에는 해봤자 소용없다고 하더라고. 미리미리 예방 차원에서 만들어두는 거라는데, 그걸 몇 명이나 해놓겠니? 더럽게 비싸지나 말든가."

"맞아, 비싸지."

"저번에 한번 엄마가 멋대로 집을 나가서 찾느라 며칠 걸렸어. 여기가 좀 복잡해? 잃어버리면 끝이야. 지하 도시에 출구가 없다고 다 찾는 게 아니야. 엄마는 평생 이곳을 헤매고, 나는 평생 엄마를 찾겠지."

"인간 복제는 인간의 한계 같아. 그 한 사람을 온전히 살릴 수 있다면 아무도 인간 복제 따위는 하지 않으려 할걸. 인간은 영생에 실패했고, 뇌 정복에 실패했어. 전부 다 실패했어. 고작 똑같은 인간 만들고 땅이나 파고 있다니. 최악의 진화 아니니? 이런 세상인 줄 알았으면 태어나지 않았을 건데. 너는?"

은희가 웃으며 물었다. 마르코는 여태껏 인간의 발전과 진화가 어느 방향으로 흘러가는지 생각해본 적 없었다. 태어나보니 이곳이었다. 마르코의 삶 전체에서 처음이자 마지막으로 모든 선택권이 결여된 순간이 그때일 것이다. 탄생. 그것만큼은 마르코가 어떻게 할 수 없었다. 만약 선택권이 있었다면 자신은 어떤 결정을 내렸을지 곰곰이 생각해보았다. 하지만 하나의 감정만으로 삶 전체를 설명하는 건 마르코에게 어려웠다. 어떤 순간은 마르코를 살고 싶게 했고, 어떤 순간은 마르코를 죽고 싶게 했다. 살아가는 건 징검다리 건너듯이 원치 않아도 어느 순서에는 반드시 불행의 디딤돌을 밟아야만 하는 것 아닌가.

"잘 모르겠어."

마르코는 시시하게 대답했다.

"내 질문이 너무 재미없긴 했다. 그래도 나쁘지 않아. 이제 돈 벌기 시작했고 몇 달만 버티면 월급도 오르잖아. 월급 오르면 옛날처럼 다시 숨쉴 수 있을 거 같아."

은희가 웃으며 말했다.

급하게 그녀를 돌봐줄 사람을 구했으니 내일은 출근할 수 있다고 말했다. 한동안은 괜찮을 거라고 말하는 은희의 목소리가 덤덤하고 따분한 것처럼 느껴져서 이런 일이 지난 몇 년 동안 숱하게 있었음을 짐작할 수 있었다. 마르코는 모노레일을 타고 다시 터널을 지나며, 아주 긴 터널을 지나고 있는 기분이라던 은희의 말을 곱씹었다.

'근데 그 터널 끝에 뭐가 있는지는 알아. 엄마의 죽음. 나는 터널이 답답하고 싫지만 이 터널이 끝나지 않기를 바라. 그래서 가끔 터널이 무너지는 상상을 해. 예측하지 못한 사건이 내 인생에 발생하는 거지. 같이 깔리거나 말도 안 되는 세상으로 뛰쳐나가거나.'

마르코는 제작실 천장에서 보았던 이음매를 떠올렸다. 또다시 모래가 쏟아져 내리는 상상. 모든 것이 무너지며 터널로 쏟아져 들어오는 해수. 마르코가 헤엄쳐 은희의 집으로 가면, 그녀와 함께 물에 동동 뜬 은희가 마르코를 향해 손을 흔들고 셋은 부표처럼 떠올라 한 번도 가본 적 없는 지상으로 떠밀리듯, 도망치듯, 쫓겨나듯 도착하는 것이다. 아주 조그만 섬. 길 잃을 걱정 없는 곳. 그녀를 막는 현관이 없고, 길고 좁은 직사각형의 방이 아닌 드넓은 하늘 아래에서 자유롭게 몸을 흔들며 노래를 부르는 은희를 생각했다.

한참 꿈꾸다 도착한 터널의 끝은 또 다른 잿빛 통로였다.

*

은희의 일상은 그전으로 돌아왔다. 교대해준 동료에게 찾아가 작은 선물을 주는 것도 잊지 않았다. 열을 내며 은희를 욕했던 사람도, 은희 앞에서는 그럴 수 있다며 언제든 급한 일이 생기면 연락하라고 웃었다. 점심시간도 예전처럼 마르코와 함께했다. 인력이 부족해 점심시간이 몇 시간씩 늦어지는 일도 비일비재했지만 그럴 때는 스치듯 얼굴이라도 보았다. 어쩌다 쉬는 날이 같거나 둘 다 일찍 끝나는 날에는 한껏 옷을 차려입고 재즈 바에 갔다. 어느 순간부터는 아무도 마르코를 어리게 보지 않았다. 마르코는 자신의 꾸미는 솜씨가 늘었다고 생각했지만, 어느 날 은희가 마르코에게 키가 많이 컸다고 말했다. 키도 크고 골격도 자라고 턱도 넓어졌다고. 가끔 마주칠 때마다 낯선 얼굴일 때가 있다고. 실제로 그즈음 마르코는 잘 입던 옷들의 기장이 전부 짧아진 상태였다.

작아진 옷들은 전부 수거함에 넣고, 신체에 맞는 옷을 신청했다. 마르코처럼 누군가 더는 입을 수 없어 보낸 옷들이 마르코에게 올 거였다. 취향에 맞는 옷이 많이 오기를 바랐지만, 안타깝게도 마르코가 소화하기에 퍽 버거운 옷들이 한 바구니 도착했다. 이런 옷을 소화할 수 있는 사람은 마르코 주변에서 딱 한 명이었고, 며칠 뒤 유오는 고맙게도 자신이 가지고 있는 옷 중 무난한 옷들을 가지고 마르코를 찾았다.

마르코는 유오가 가지고 온 옷 중 체크무늬 셔츠를 걸쳤다. 유오는 마음에 들지 않는 체크무늬라고 했는데, 마르코는 체크가 다 체크지 무슨 차이가 있나 싶었다.

"키가 정말 많이 컸네."

유오가 구겨진 칼라 깃을 잡아주며 말했다.

"이제 나랑 정말 비슷하겠는데."

그렇게 말하고는 키를 재려는 듯 마르코 앞에 바짝 섰다.

"그래도 아직은 내가 더 크다."

안도의 숨을 내뱉는 유오의 배를 마르코가 아프지 않게 때렸다. 유오는 엄살떨며 배를 문질렀다.

"나 따라잡으려면 반 뼘은 더 커야 해. 노력해."

무늬가 크거나 색이 화려한 옷들은 유오에게 넘기고, 마르코는 무난한 옷들을 받았다. 마르코는 자신이 컸다는 걸 유오와 옷을 바꾸며 체감했다. 몸이 밀린 숙제를 다급히 끝낸 기분이었다.

옷을 바꾼 뒤, 유오와 함께 저녁을 먹으러 가는 길에 커커스와 마주쳤다. 마르코가 쑥쑥 자라는 동안, 아니, 마치 커커스의 몸에 있던 양분을 마르코가 쪽 빨아먹은 듯이 커커스는 못 본 사이에 작아져 있었다. 바람이 빠진 풍선처럼 쪼그라들어 있다는 말이 더 어울렸다. 금방 끝날 거라던 파업이 반년 넘게 이어져오고 있다는 걸 마르코는 그때 깨달았다. 그리고 반년 동안 일하지 않았으니 임금을 받지 못했을 텐데 그렇다면 커커스는 그동안 어떻게 생계를 유지해왔는지 따위가 궁금해졌다.

커커스가 반갑게 손을 내밀었다. 세게 움켜쥐었다가는 부러질 것만 같은 손이었다.

"식사는 하셨어요?"

마르코가 물었다. 마르코 자신도 생각하지 못한 질문이었다.

유오는 커커스와 함께 저녁을 먹는 것을 승낙했다. 원래는 가까운 식당을 가려 했지만, 커커스에게 밥을 대접하겠다고 말한 탓에 싼 식당을 선택할 수 없어 좀더 멀리 있는 커리집으로 향했다. 향신료를 어설프게 흉내낸 커리였지만 그래도 맛이 강하게 나는 몇 안 되는 음식 중 하나였다.

커커스는 벌이가 시원치 않아서 얻어먹는다며 미안한 듯 웃었다.

"그래도 너는 요새 벌이가 좀 괜찮지? 일이 많아서."

지속되는 파업에 마르코의 초과 근무는 계속 이어졌다. 근무 시간을 맞춘다고 수당은 늘 다음달로 이월되었지만 그래도 기존의 월급보다는 많은 금액이었다. 초과 근무도, 높아진 월급도 금방 적응되었다. 누군가의 일을 대신한다는 생각은 들지 않았고 그 일도, 금액도 원래부터 마르코의 것처럼 느껴졌다. 금전적인 여유가 생겼기에 저축도 더 많이 했고 은희와 재즈 바 공연도 더 자주 갔으며 친구들에게도 기분 좋게 무언가를 사줄 수 있게 되었다. 마르코는 숨구멍이 있는 그 삶이 꽤 만족스러웠고, 어느 한편으로는 이 생활이 계속되었으면 했다. 커커스를 보기 전까지. 자신이 커커스의 숨을 빼앗아 쉬고 있다는 걸 확인하기 전까지.

마르코의 대답이 늦어지자, 난감함을 눈치챈 유오가 커커스에게 자신을 소개하며 말을 건넸다.

"잘 챙겨주는 선배라고 마르코한테 들었어요."

"잘 챙겨주기는. 이제 민폐만 주는 선배인데……"

"원래 한번 은인은 평생 은인이잖아요."

"은인은 무슨."

커커스가 헛기침했고, 때마침 음식이 나왔다.

식사하는 동안은 셋 다 별말을 하지 않았다. 커커스와 함께 있는 것이 싫은 건 아니었고, 그의 행보를 못마땅하게 생각하는 것도 아니었는데 마르코는 어쩐지 그 자리가 묘하게 불편했다. 꼭 자신이 죄인이 된 것만 같은 기분에 밥도 제대로 먹지 못한 채 식사를 끝내야 했다.

커커스와 헤어지기 전, 커커스는 마르코에게 혹 시간이 있으면 파업에 힘을 실어달라 부탁했다.

"강요는 아니니까 부담 갖지 말고. 이게 우리만을 위한 게 아니고 다 모두를 위한 거야. 시간이 나면 말이야…… 아니면 서명을 해줘도 좋고."

커커스는 말하면서도 마르코에게 시위에 동참할 시간 따위는 없다는 걸 알았을 것이다. 어쩌면 그걸 바랐는지도 모른다. 필수 인력이 된 마르코가 일을 멈추고 함께 시위에 동참해주기를.

뒤돌아 가는 커커스를 붙잡아 마르코가 물었다.

"선배는 언제 돌아오실 거예요?"

커커스는 오늘 처음으로 웃었다. 비웃음이었다.

"돌아가려고 이러고 있는 거잖니."

파업에 동의한다는 서명을 내면 불이익이 없는 것이냐고 묻고 싶었다. 하고 싶은 질문은 그것 말고도 많았다. 그 선택이 정말 본인을 위한 것이 맞느냐고도 묻고 싶었다. 선배는 점점 말라가고 있고, 밥 사 먹을 돈이 없어 자신에게 얻어먹은 것이 아니냐고. 돌아오려고 한다고는 하지만 선배가 그럴수록 선배의 자리가 점점 작아지고 있다는 것을 알지 않느냐고. 정말 이런 것들을 선배가 모르고 있는 것인지, 마르코는 묻고 싶었지만 입을 열지 못했다. 대신 그 의문에 답을 준 건 유오였다.

"아무것도 안 하면 다 잃을 것 같으니까. 눈앞에 있는 것보다 더 큰 걸 지키기 위한 선택인 거지."

마르코는 집에 가는 내내 커커스가 지켜야 할 더 큰 것이 무엇인지 고민해봤지만, 당장 굶지 않기 위한 것보다 큰 게 무엇인지, 그런 게 있기나 한 건지 싶었다.

다음 날, 회사 휴게실에서 커커스의 동기인 할라가 마르코를 불렀다. 할라가 내민 패드에는 원청과 용역업체의 계약서를 투명하게 공개하고 그에 따라 임금을 조정할 것을 요구하는 내용이 쓰여 있었다. 할라는 강요하지 않았지만 마르코에게도 좋은 일이라고 강조했다. 서명을 하기는 할 거였다. 하지만 지금은 아닌 것 같았다. 마르코는 아직 이 파업에 어떤 의견도 갖지 않은 상태였다. 떠밀리듯 했다가 큰일이 날까 두려웠다. 마르코는 패드에 쓰인 내용을 천천히 재독했고, 재독이 끝나갈 때쯤 빨리 와달라는 무전을 받아 자리를 빠져나올 수 있었다. 마르코는 다녀와서 서명하겠다고 말했지만, 할라는 그 말을 믿지 않은 모양이었다. 그 뒤로 마르코를 마주칠 때마다 어색하게 웃을 뿐, 그때 하지 못한 서명을 마저 하라고 말을 꺼내지 않았다. 마르코의 선택이었고, 누구도 강요하지 않았으나 마르코는 어쩐지 커커스나 할라를 마주하기가 껄끄러워졌다. 두 사람의 눈빛은 마르코의 내면 어딘가를 야금야금 갉는 것만 같았다.

비쩍 말라 있던 커커스의 모습과 서명을 하지 않고 패드를 내려놓을 때 자신을 바라보던 할라의 모습이 계속 떠다닌다고 말하자, 유오는 단번에 문제점을 찾았다.

"네 선택이 틀렸네, 그럼."

"근데 나 아무 생각도 없어. 잘 알지도 못하고."

"느낌이 그런 거지."

마르코는 자신이 시위에 참여하고 서명란에 서명하는 모습을 떠올렸다. 마음이 편안할까? 알 수 없었다. 그 선택은 상상만으로도 나름의 불안을 가져왔다.

"사실 이해가 안 가."

마르코가 솔직한 심정을 털어놓자, 유오는 읽고 있던 책을 덮었다.

"계약된 월급은 꼬박꼬박 받고 있어. 그럼 된 거 아니야? 그렇게 하겠다고 서로 합의한 거잖아. 그런데 갑자기 임금을 더 올려달라고 하는 거는 회사에서도 당황스러운 게 당연한 거 아니야?"

유오는 잠잠히 들었다.

"회사가 원청한테 얼마를 받든, 이미 입사할 때 이 돈을 받겠다고 약속했잖아. 회사는 그걸 지키고 있고. 일 년만 버티면 임금 인상도 있다고 했어. 적어도 십일 퍼센트씩 매해 오를 거라고. 다들 그걸 약속했으면서 막무가내로 그렇게 일을 안 하면 어떡해?"

"마르코."

유오의 목소리가 차분했다.

"아무도 뭐라고 안 해. 마음에 쫓길 필요 없어."

"나는……"

"그래, 너는 네가 감당할 수 있는 선택을 하는 게 맞아."

마르코는 한참을 머뭇거리다 물었다.

"둘 다 감당이 안 되면?"

"그럼 깔려도 조금 덜 아픈 걸 택해야지."

"깔리고 싶지 않아."

"그럼 두 문제로부터 완전히 도망치는 방법도 있지."

"그것도 그다지 끌리지 않는걸."

"답은 하나다! 더 고민해보기. 일 시작한 지 반년밖에 되지 않았잖아."

선택을 유예하는 것이, 유오의 말처럼 마르코가 지금 할 수 있는 최선이었다. 하지만 그날 밤, 마르코는 잠들지 못했다. 눈을 감으면 자꾸만 무언가로부터 도망치는 꿈을 꿨다. 멀리서 비명이 들려왔는데 누가 뱉는 것인지 알 수 없었다. 일어났을 때는 몸이 땀으로 범벅되었고, 월급이 입금되어 있었다. 이번에도 계약한 월급보다 더 많은 금액이었고 근무 시간보다는 훨씬 적은 금액이었다.

톨가가 자신의 아바타 구독자가 삼천 명을 넘었다며 친구들을 초대했다. 구독자들은 버스 세계 안에서 톨가의 여행을 지켜보고 그 여정을 응원하기 위해 후원을 했다. 후원 금액은 언제나 톨가에게 쏠쏠한 용돈이 되었다. 말수가 적어 여러 사람이 듣고 있는 방송에서 오랫동안 혼잣말해야 하는 건 고역이었기에 마르코는 톨가가 늘 놀라웠다.

"특징 알아내서 집으로 찾아오는 사람들 많다더라. 스토커처럼."

먹지도 않을 땅콩 껍데기만 하염없이 까던 의주가 조언했다.

"너를 너무 노출시키지 말라고. 구독자가 많아졌잖아."

"나도 노력해. 근데 방송인데 말을 안 할 수는 없잖아."

"목소리로 알아보는 거야?"

치유키가 깜짝 놀라 물었다.

"뭐, 나도 듣다보면 목소리나 말투 같은 게 귀에 익어서 알아보는 경우가 있어. 이상할 건 없지. 그걸 스토커처럼 찾아다니는 애들이 이상한 거지. 너무 걱정하지 마. 조만간 그만할거야. 형이랑 같이 그만두면 어떨지 이야기 나누는 중이야."

톨가는 친구들을 안심시키려는 듯 서둘러 말했다. 의주도더 말을 얹지 않았다.

"우리 별 보러는 언제 갈 거야?"

소마가 기다렸다는 듯 물었다. 모두가 마르코를 쳐다봤는데, 하필 그때 은희에게 연락이 왔다. 예약해보겠다고 다급하게 말하고 마르코는 전화를 받기 위해 밖으로 나왔다.

목소리가 듣고 싶어서 연락했다고 말하는 은희의 목소리가 지나치게 침울했다. 친구들과 있었지만 마르코는 만나자고 말했다. 단지 은희가 보고 싶어서가 아니었다. 은희는 당장누군가를 필요로 하고 있었다. 목소리에서 느껴졌다.

톨가의 집으로 돌아가려는데, 어느새 밖에 나온 유오와 마주쳤다.

"가봐도 돼."

유오는 흡연 패치를 목덜미에 붙이고 있었다. 친구들 중에서 생일이 가장 빨라 유오는 유일하게 술과 흡연 패치를 살 수 있었다.

"애들한테는 내가 잘 말해줄게. 빨리 가봐. 너 얼굴이 죽상이야."

유오는 마르코에게 다가와 어깨에 팔을 둘렀다. 이 구역을 빠져나갈 때까지만 바래다주겠다면서.

"그때 그 고민은 어떻게 됐어?"

게이트에 가까워졌을 때 유오가 물었다.

"……잘 해결됐어. 이제 아무렇지도 않아."

아무것도 바뀌지 않았다는 것쯤은 마르코도 알았다. 하지만 모든 게 다 괜찮아졌다고, 별일 일어나지 않고 있으니 잘 해결되고 있는 것이라고 믿고 싶었다.

"그래?"

그렇게 말하며, 유오는 웃었다. 그뿐이었다. 마르코의 어깨를 두드리며 곁에 잘 있다 와주라고 말했다. 도움이 필요하면 연락하고, 누가 됐든, 이라는 말도 덧붙였다. 유오는 알고 있었는지도 모른다. 마르코의 상황이 좋지 않게 흘러가고 있다는 걸. 그렇기에 유오는 제 나름의 노력을 했던 것일지도 모른다. 마르코가 덩달아 불안을 느끼지 않도록 야단을 떨지 않기, 마르코에게 선택을 강요하며 마음을 궁지로 몰아넣지 않기. 이 정도가 유오가 할 수 있는 대처일 터였다. 어렸으니까. 마르코가 어렸듯이, 유오도 어렸으니까.

은희는 B2층 북쪽, 기계실 부근 비상계단에 있었다. 비상계단은 거대한 기계의 소음으로 가득했다. 기계 뱃속에 들어온 것 같았다. 들어가자마자 머리가 압박되듯 울려 어지럼증이 나타났다. 당장 나가고 싶었지만 은희가 곡선으로 휘어진 계단 난간에 앉아 창문도 없는 벽을 바라보고 있어서 그럴 수 없었다. 기계 소음 때문에 마르코가 들어오는 걸 듣지 못한 모양인지 은희는 조형처럼 미동도 없었다. 은희를 부르려다 잠시 멈칫했다. 생각에 골몰하고 있던 은희가 난데없이 들린 목소리에 놀라 난간에서 떨어질지도 모른다는 걱정이 들어서였다. 마르코가 최대한 조심스럽게, 은희가 놀라지 않도록 손을 뻗었다.

"꼭 잠수함 같지 않아?"

하지만 마르코의 손이 닿기도 전에, 은희가 입을 열었다.

"우웅웅우우웅……"

은희가 기계음을 흉내냈다.

"잠수함 타면 꼭 이런 소리가 날 거 같아. 처음에는 잠수함이나 여기나 다를 게 없다고 생각했거든?"

은희가 하는 말의 요점을 파악하지 못했지만, 마르코는 잠자코 들었다.

"근데 큰 차이점 하나가 있더라고. 그게 뭐게?"

"바다와 땅?"

"모험과 도망."

하나는 대범했고 하나는 조급했다.

"발견과 추방."

하나는 위대했고 하나는 초라했다.

"미지의 세계와 타락한 세계."

하나는 신비로웠고 하나는 두려웠다.

"우린 산 채로 묻힌 거야."

우리의 세계는 조급하고, 초라하고, 두려웠다.

"이런 걸 산송장이라고 한단다."

묻혔다고 생각하니 속이 답답해졌다. 숨을 쉬고 있었다. 숨을 쉬고 있는데도. 마르코는 이 기분이 낯설고 이상하다. 가짜 감정일 텐데. 하늘을 본 적 없이 하늘을 그리워한다는 것은, 바다를 본 적 없이 헤엄치고 싶다는 것은 기억 이전의 기억, 마르코가 아닌 인류의 기억이었다. 드넓은 대지를 뛰는 꿈은 기억의 유전이었다. 유전의 기억이 끊길 때까지 이곳은 감옥이었다. 이곳의 인류는 짓지 않은 죄의 벌을 받는 중이었다.

아무것도 없는 회색 벽을 바라보던 은희가 고개를 돌렸다. 몇 시간을 운 것처럼 눈이 발갰다.

"내가 여기를 나가는 건 도망이겠지? 모험은 될 수 없을 거야."

"꼭 그렇지 않을 수도……"

아니라고 단번에 말해주지 못했다. 마르코는 그런 자신이 한심하게 느껴졌다.

"근데 도망쳐봤자 지상에 닿기도 전에 몸이 터질지도 모르겠다. 이 땅 안에 너무 익숙해져서, 바깥에 나가자마자 펑, 터져버릴지도 모르겠어."

은희는 말을 곱씹었다.

"터질 거야, 터지겠지……"

그날 은희는 비상계단에서 그렇게 한참을 중얼거리기만 할 뿐 자신의 잠수함에 온 이유도, 울게 된 이유도 말해주지 않았다. 마르코는 애써 묻지 않았다. 은희는 계속 말했고, 마르코는 은희의 말을 놓치지 않기 위해 귀기울였다. 은희와 마르코가 내뱉은 말은 주변에 가득 쌓여 넘실거렸고, 두 사람의 몸은 점점 더 가벼워져 두둥실 떠올랐다. 입술을 간신히 뻐끔거릴 수 있을 정도로 생각이 차올랐다가 한계에 도달했을 때 두 사람은 숨을 입에 가득 모아 잠수했다. 발이 닿지 않은 상태로 부유하다, 눈이 마주치면 웃었다. 웃긴 상황이 아닌데도 웃음이 났다.

도망이나 추방이 아닌 모험이었다. 아주 잠시였지만, 마르코는 은희와 이런 대화를 계속 나눌 수 있다면 이 지하에서도 언제든 하늘을 날고 바다를 헤엄칠 수 있을 것 같았다. 그러다 흥에 겨워진 은희는 짧은 노래를 불렀다. 디라라― 두루둡둡― 두라리리라― 두랍디디두― 그러자 그 공간은 순식간에 재즈 바가 되었다. 무대에는 은희 혼자였고 손님은 마르코뿐이었다. 은희는 존재하지 않는 언어를 흥얼거렸다. 통역기는 그걸 언어라 인식하지 않았다. 은희의 목소리가 선명하게 들려왔다.

은희는 문손잡이를 붙잡은 채로 말했다.

"만약에 말이야, 내가 정말로 밖을 나갔다가 펑 터지면 말이야."

비상계단을 나가려 할 때였다.

"그렇게 되면 눈처럼 내렸으면 좋겠다."

마르코는 이번에도 그럴 일 없을 거라 말하지 못했다.

은희는 마르코와 집으로 향하는 길에 오늘 팀장과 면담했다고 밝혔다. 은희는 노조의 파업에 힘을 보태겠다고 서명했고 팀장은 그런 은희를 불러다 앉혀 서명한 경위를 따져 물었다. 은희는 그들의 승리가 자신에게 득이 되기 때문이라고 딱 잘라 말했지만 팀장은 고마운 줄 모른다고 노발대발 화를 내며, 은희를 앉혀두고 몇 시간 동안 폭언을 퍼부었다. 은희는 그런 팀장에게 화가 난 건 아니었다. 서명을 취소하라 했지만 조금 더 생각해보겠다고 말하고 자리를 떴다. 팀장도 정말 회사 편이 되어 던진 말은 아닐 거라고, 그 역시도 이 서명서 때문에 상사에게 된통 혼났던 걸 거라며 은희는 이해한다고 했다. 은희를 정말 힘들게 했던 건 어머니, 그녀였다.

은희가 팀장을 만나는 그 몇 시간 사이 그녀는 집을 나가 폭포를 찾아 떠났다. 그녀는 살면서 한 번도 폭포를 볼 수 없었을 텐데, 치매가 온 후부터 자꾸만 폭포를 봐야 한다고, 자신은 어렸을 때 폭포 아래에 살았고 그곳에 아주 소중한 걸 묻어두고 왔다고 말했다. 은희가 그녀를 찾은 곳은 폭포가 그려진 벽화 앞이었다. 그녀는 폭포 그림을 어루만지며, 폭포가 전부 말라버렸다고 울었다. 그 순간 알 수 없는 서러움이 폭발해서 울었을 것이다, 은희 역시. 울었다고 말은 하지 않았지만 은희는 아주 잠시 말을 멈추며 입술을 깨물었고 그것은 눈물이 나려는 걸 참는 것처럼 보였다. 은희는 나지막이 말했다.

"돈이 필요해. 이제는 정말."

이제는 정말, 그녀를 혼자 감당할 수 없다는 말처럼 들렸다.

며칠 뒤, 마르코는 노조의 파업에 동의한다고 서명을 남겼다. 은희는 그때까지 자신의 결정을 철회하지 않았다.

*

'별다른 방법이 있겠어? 마르코, 알다시피 여긴…… 닫힌 세계야.'

그 말을 하던 커커스의 표정을, 마르코는 잊을 수 없었다. 패배. 커커스는 지난 몇 달간 전쟁의 결과를 그렇게 표현했다. 아니에요. 마르코가 기어들어가는 목소리로 대꾸했다. 커커스에게는 들리지도 않았다. 커커스와 노조가 요구했던 것은 하나도 받아들여지지 않았다. 원청과 회사의 도급 계약서를 밝히고, 그 액수에 따라 노동자의 임금 전체를 올려달라 했던 노조의 바람은 회사가 원청과의 도급 계약서를 밝힐 의무가 없다는 말로 일축되었고, 노동자와의 계약을 어기지 않았으므로 피해를 주는 파업을 계속할 시 모든 계약을 해지하겠다는 무시무시한 말로 돌아왔다.

닫힌 세계라서 이길 수 없었다는 커커스의 말을 달리하자면, 이곳이 지상이었다면 가능했을 거란 말이었을까. 이곳에 하늘이 없고, 건너갈 바다가 없고, 숨을 동굴이 없어서 백기를 들어야 했다는 말이었을까. 저 위는, 이것이 아니면 저것을 하면 되는 세상이었나. 아닌 것 같다 싶으면 옮겨가고, 위험하다 싶으면 멈추고, 잘못됐다 싶으면 돌아갈 수 있는. 역시나 살아보지 못해 알 수 없었다.

하지만 한편으로 마르코는 별 탈 없이 끝났음을 안도했다. 노조의 요구가 받아들여져 임금이 올랐다면 더 좋았겠지만, 기존의 계약마저 더 안 좋게 바뀌는 상황이 올지도 모른다는 말을 얼핏 들은 이후로 마르코는 내심 불안했고 얼른 파업이 끝나기를 기다렸다. 기대하는 것만큼 후련함은 느끼지 못했다. 안도했지만 찌꺼기가 마음 한구석에 남았다.

"그동안 수고했어요, 선배."

마르코는 상투적인 인사를 건넸다. 그래도 진심이었다. 다만 커커스는 지금 누군가의 진심을 받을 기력이 없어 보였다. 커커스는 지난번에 보았을 때보다 더 작고 말랐으며, 무기력하게 시들어 있었다.

"고마워."

커커스가 마르코의 손을 감싸 잡았다. 차갑고 힘이 없어 사람 손 같지 않았다.

"서명해준 거 봤다. 힘 많이 됐어."

싱겁게 웃는 커커스의 입에 피가 가득했다. 힘없던 손이 바닥에 떨어질 때까지 커커스는 웃고 있었다.

커커스는 쓰러졌고 병원으로 이송되었다. 마르코도 쫓아가고 싶었지만 오후 근무가 있어 그러지 못했다.

점심을 먹는 동안 옆 테이블에 앉은 직원들이 병원에 실려간 커커스를 반찬으로 삼았다. 직원들은 커커스가 오랫동안 VA2X를 섭취하지 않았다고 말했다. 의도적으로 먹지 않은 것일지도 모른다고 수군거렸지만 마르코는 커커스가 돈이 부족해 먹지 못했으리라 확신했다. 커커스는 협상에 성공할 거라고 자신만만해하지 않았던가. 승리를 확신하는 자가 자신을 포기할 리 없었다. 그렇다면 그걸 패배라고 표현할 수 있을까. 패배의 반대편에는 승리가 있어야 했다. 하지만 회사는 승리라는 단어를 거머쥐기에 정당하지 못했다. 커커스가 바랐던 것은 노동의 대가였고, 회사가 쥐고 있던 것은 커커스의 목숨이었다. 정당한 전투가 아니었다. 무기가 달랐고, 걸어둔 것이 달랐다. 회사는 승리하지 않았다. 커커스는 패배한 게 아니라, 밟혔다.

생각이 그곳에 닿자, 마르코는 속이 더부룩해졌다. 커커스의 새빨갛던 치아가 떠올랐다. 마르코는 식사를 다 마치지 못하고 화장실로 달려가 점심을 게워냈다. 피가 섞인 토사물이 흘렀고, 그 안에 치아가 낱알처럼 섞여 있었다. 놀란 마르코가 뒤로 나자빠지며 다급히 손으로 치아를 훑었다. 다행히 치아는 모두 그대로 박혀 있었고, 토는 더이상 붉지 않았다.

마르코에게 습관이 생겼다. 불안해질 때마다 혀로 치아를 훑는.

커커스는 복귀하지 못했다. 건강상의 문제로 한동안 쉰다는 이야기를 전해 들었다. 마르코는 그날 바로 병원을 찾아갔지만 커커스가 이미 퇴원했다는 말을 들었다. 물어물어 집을 찾아갔다. 만날 수 없었다. 아무리 문을 두드려도 안에서 기척이 느껴지지 않았다. 그 이후로도 몇 번씩이나, 커커스를 찾아갔지만 연말이 가까워 오도록 만나지 못했다.

커커스는 어딘가로 떠났다. 완전히 사라졌다. 마르코는 그렇게 생각했다. 하지만 그게 가능할까? 지하 도시의 끝에는 벽이 있다. 지상의 끝은 절벽과 바다라 했지만 이곳은 잿빛의 벽이다. 모래 한 알 비집고 들어올 틈이 없는 벽. 숨을 곳이라고는, 벽과 벽 사이의 아주 좁은 통로뿐인 곳.

사람은 지나다닐 수 없지만, 짓밟혀 납작해진 사람만은 다닐 수 있는 그런 곳.

몇 주 뒤, 협상은 무산되었지만 회사는 직원들을 불러 모아 내년 임금을 대폭 인상하겠다고 약속했다. 연말에 있을 재계 약을 통해 저마다 일한 만큼 받을 수 있도록 노력하겠다고 말이다. 모두가 환호하며 손뼉 쳤다. 임원들은 일일이 직원들과 악수하며 이곳의 안전과 발전을 위해 노력해주어 고맙다고 고개 숙여 인사했다. 마르코의 차례가 왔을 때, 마르코는 임원이 내민 손을 물끄러미 바라보았다. 잡아도 될까. 정녕 손을 잡아야 할 커커스는 몇 주째 나타나지 않고 있었다. 그래서였을까. 어쩐지 커커스에게 미안한 마음이 들었다. 커커스에게 다녀왔느냐고 묻고 싶었다. 그에게도 사과하셨나요? 앞으로 잘하겠다는 약속을 하고 왔나요? 어디 있는지 알기나 하시나요? 왜 그의 요구는 들어주지 못했나요? 그것은 안 되고 이것은 되는 이유가 따로 있나요? 그렇다면 그 차이를 밝히는 것이 먼저 아닌가요? 왜 이제야, 정말 왜 이제야 선심 쓰듯이 제안하는 건가요? 커커스가 표정을 다 잃을 때까지 지켜만 보고 있었으면서, 조금 더 빨랐으면 안 됐느냐고. 조금만 더 서둘렀으면 좀 좋았느냐고.

머릿속에서 질문들이 쏟아져 나왔지만 마르코는 그 어느

것도 꺼내지 못하고 그 손을 맞잡았다. 이번에도 역시나, 한편으로는 다행이라 생각했다. 내년에 임금이 크게 인상될 수 있어서. 여러모로 결과가 좋으면 좋은 게 아니던가. 커커스도 안다면, 아니 분명 어디선가 이 소식을 듣고 기뻐할 것이다. 얼른 회복해서 복귀하리라. 그럼 진정으로 패배가 아닌 승리자가 되리라.

임원이 마르코를 보며 웃었다. 그의 송곳니가 금빛으로 번쩍였다. 마르코가 혀로 자신의 이를 훑었다. 이는 다행히 잘박혀 있었다.

*

해의 마지막날이었다.

마지막날이었기에 직원들은 평소보다 일찍 퇴근했고, 마르코는 텅 빈 제작실에서 자신의 구둣발 소리를 음악 삼아 적적함을 달랬다. 마르코의 퇴근은 아직 네 시간이 남았고, 친구들은 톨가의 집에 모여 해를 보내고 있었다. 끝나자마자 뛰어오라는 친구들의 연락에 마르코는 알겠다고 대답했지만, 마르코는 일을 마치고 제일 먼저 은희에게 갈 생각이었다. 은희에게 들렀다 가면 분명 자정을 넘길 것이고 친구들이 알면, 특히 치유키가 몇 년간 지속되어온 자신들과의 전통을 깬 것에 섭섭해하겠지만 어쩔 수 없었다. 오늘은 은희의 생일이었다.

마르코의 휴게실 보관함에는 은희에게 줄 가방이 있었다. 지난번에 받은 옷 중 유오에게 넘기지 않은, 파란 빛깔의 스웨터를 리폼숍에 맡겨 만든 가방이었다. 가방에 고래 브로치와 눈처럼 보이는 하얀 구슬도 달았다. 편지도 썼는데 밤새 고민해 쓴 문장이 고작 생일 축하한다는 한 줄이었다. 하고 싶은 말은 많았지만, 문장으로 옮겨지는 순간 전부 마음에 있을 때보다 가볍게 느껴졌다. 차라리 말로 직접 하는 게 나을 것 같았다. 그래서 마르코는 한 줄을 옮겨놓고, 옮겨 적지 못한 무수한 말들을 밤새 중얼거렸다.

이번에는 구둣발 소리를 박자 삼아 마음에 담아둔 말들을 중얼거렸다. 어떤 소리로, 어떤 음으로, 어떤 박자로 말할지를 고민했다. 그렇게 말들을 바닥에 툭툭 뿌리며 마르코의 발이 멈춘 곳은 은희를 처음 만난 계단 앞이었다. 계단 창고 문보다 작았던 마르코는 이제 키가 같아졌다. 창고 문을 열었다. 센서 등이 자동으로 켜지며, 켜켜이 쌓인 옷들이 보였다. 마르코는 고개를 살짝 숙여 창고 안으로 들어갔다.

몇 시간 동안 이곳에 웅크려 앉아 노래 부르며 옷을 정리했을 은희를 떠올렸다. 답답한 공간이었지만 은희는 노래를 부를 수 있어 버틸 만했을 것이다. 어쩌면 눈치보지 않고 실컷 부를 수 있음에 더 자유로웠을지도 모른다. 벽에서 쿵, 소리가 들린 건 그때였다. 처음에는 잘못 들었다 생각했지만 이번에는 소리와 함께 벽과 천장에서 진동이 느껴졌다. 옷에 달려 있던 단추가 파르르 떨렸다. 벽과 연결된 어떤 지점에서 무언가가 부딪쳤다고 생각했지만 그 진동은 또다시, 이번에는 일정한 박자에 맞춰 들려왔다. 쿵, 쿵, 쿵, 쿵. 진동하는 벽을 보던 마르코의 시야에 환풍구가 들어왔다. 그렇지, 이곳에 환풍구와 이어지는 배관이 있구나.

잔뜩 몸을 웅크리면 사람이 지나다닐 수 있는 배관 통로가 지하 도시 전체에 연결되어 있었다. 일을 시작할 때 제일 먼저 배운 것이 지하 도시의 도면이었다. 배관 길은 물론이거니와 전기도면까지 낱낱이 봐두어야만 했다. 그렇기에 마르코는 알고 있었다. 배관 통로를 통하면 어디든 갈 수 있다. 통로가 막혀 있는 곳은 한 곳도 없다. 자리에서 일어나 환풍구로 다가갔다. 환풍구에서는 옅은, 머리카락도 흔들지 못하는 아주 옅은 바람이 느껴졌다. 쿵, 쿵, 쿵, 쿵. 무언가가 환풍구와 연결된 배관 통로를 기어가고 있다. 이곳으로 오는 것인지, 아니면 아주 먼 어딘가를 지나고 있는 것인지 소리로는 짐작할 수 없었다. 마르코는 그 진동이 완전히 사라질 때까지 환풍구를 지켰다. 혹 마르코 앞을 지나갈까봐. 누군가에게 들킬까봐. 누구인지, 어디로 가는지 알 수 없으나 그가 무사히 도착지에 가기를 바랐다.

일을 마치자마자 마르코는 회사로 달려갔다. 제작실을 빠져나오자 복도에는 해의 마지막을 기념하기 위해 각자 바쁜 걸음을 하는 사람들로 가득했고 마르코는 방해물을 피하듯 사람들 사이를 가쁘게 뛰었다. 휴게실에는 근무를 마친 직원들이 모여 있었다. 그들과 올 한 해 수고했다는 이야기를 주고받으면서도 마르코는 보관함에 있는 물건을 꺼내 서둘러 갈채비를 멈추지 않았다. 그때 할라가 휴게실에 들어왔다.

"할라, 무슨 일이에요?"

직원이 물었다. 할라는 울고 있었다. 처음에는 뚝뚝 눈물을 흘리다가 곧장 악을 쓰듯 울부짖었다. 분주했던 마르코의 손이 점점 느려졌다. 그곳에 있던 모두가 할라를 바라보기만 할 뿐, 위로해주지 못했다. 본능이 안 것이다. 곧 할라가 내뱉을 말의 불길함을, 모두가 느낀 것이다. 우리는 할라를 위로할 처지가 되지 못한다는 걸. 저 울음이 곧 본인들에게도 전염될 거라는 걸.

기어코 우리는 함께 웃지 못할 거라는 걸.

마르코는 은희에게 줄 선물을 움켜쥐고 달렸다. 터널을 지나는 모노레일은 평소보다 느렸다. 어쩌면 터널이 더 길어진 걸지도 모르겠다. 끝과 빛이 보이지 않았다.

그날 마르코는 해의 마지막을 혼자 보냈다. 은희는 집에 없었다. 처음에는 잠시 외출했다고 생각했다. 은희가 기다리겠다고 했으므로, 마르코는 집 앞에 서서 은희가 오기를 기다렸다. 삼십 분이 지나고 한 시간이 지나고, 그렇게 세 시간이 지나 해가 넘어갔을 때, 마르코는 할라의 울음을 들었을 때처럼 직감적으로 앞으로 은희를 보지 못하리라는 걸 알았다. 마르코는 은희의 집 현관문 손잡이에 선물로 가져온 가방을 걸어두었다. 며칠 뒤에 다시 왔을 때 가방은 여전히 그대로였다. 마르코는 가방 안에 새로 가져온 간식을 넣어두었다. 올 때마다 하나씩.

텅 비었던 가방이 꽉 찰 때까지 은희는 오지 않았다. 마르코는 새 회사와 계약을 맺었다. 이번에도 일 년 단위로 갱신되는 계약이었다. 새 계약서에 서명하며, 마르코는 은희가 이 상황을 알았을지 궁금했다. 알았기에 어디론가 숨어버린 것일까. 그날 할라가 가져온 소식은 회사의 부도 소식이었다. 회사가 새로운 이름으로 재설립된다고 말이다. 우리가 썼던 계약서는 이전 회사의 계약서였으므로 필요 없는 종이 쪼가리이지만 새 회사는 하루아침에 회사를 잃은 근로자들을 가엾게 여겨 그들 전부를 고용하겠다고 밝혔다. 그러나 이전 회사와 약속했던 임금 인상은 없을 것이라 못박았다. 마르코에게는 일 년 전과 다를 것 없는 새 계약서만이 남았다. 항간에는 새 이사장이 이전 이사장과 아는 사이라든가 가족이라든가 친척이라는 소문이 돌았지만 진실은 알 수 없었다. 새 회사에 불만이 있는 자는 계약을 하지 않으면 그만이다. 이 간단한 논리 앞에 굴복하지 않을 노동자는 없었다. 마르코도 그랬다.

새 회사 계약서에 서명을 마치자, 새로운 팀장이 웃으며 마르코를 칭찬했다.

"지난번 근로 평가 보니까 아주 좋아요. 기대가 큽니다. 열심히 같이해봅시다. 일 년 뒤에 임금이 쑥쑥 오를 거예요."

마르코는 고개를 끄덕였다. 좋은 말이었는데 힘이 나지 않았다.

사무실을 나가려던 마르코가 뒤돌아 팀장을 보았다. 할말이 있느냐고 팀장이 물었다. 혹시 '은희'라는 직원은 없느냐고. 집에도 없고, 재즈 바에도 없고, 잠수함에도 없어 도저히 찾을 수가 없다고. 먹고살아야 하고, 돌봐야 할 어머니가 있으니 다시 이곳에 오지 않았느냐고. 회사니까 은희를 책임져야 하는 것이 아니냐고. 뭐든 다 묻고 싶었지만 이번에도 묻지 못하고 뒤돌았다.

뱉지 못한 말은 미련처럼 사어死語가 되어 마르코의 걸음걸음마다 눈처럼 떨어졌다.

*

씨앗 저장고에서 일을 시작한 톨가가 잎이 무성히 자란 상추를 보여주겠다고 집에 초대했다. 의주가 훔친 거냐고 물었다. 톨가는 억울하다며 고개를 저었다.

"훔쳤다기보다 씨앗이 나를 선택한 거지. 아니, 집에 와서 씻으려는데 머리카락에서 이게 뚝 떨어졌다니까?"

"그게 훔친 거지. 네 머리카락이 훔쳤네."

"마음대로 생각해. 신고하려면 하든가."

의주의 말에도 톨가는 굴하지 않았다.

"아냐, 우리가 이런 걸 언제 보겠어."

의주가 금방 말을 물렀다.

톨가가 집에서 소중하게 키운 상추는 정말로 잎이 얼굴만큼 컸다. 뭐라 했던 의주도 군말 없이 상추를 감상했고, 유오는 상추에 입이라도 맞출 것처럼 얼굴을 들이밀어 냄새를 맡았다. 치유키는 한 발 뒤로 물러나 두렵지만 호기심 가득한 표정으로 상추를 보았고 소마는 조금씩만 뜯어서 먹어보자며 소리쳤다. 달려드는 소마를 뜯어말리는 유오와 의주의 외침 속에서, 마르코가 들은 것은 희미한 노랫소리였다.

소리가 들린 곳은 톨가의 방이었다. 마르코가 방으로 향했다. 가까이 다가갈수록 노래는 점점 선명하고 또렷해졌다. 거대한 고래의 울음 같은, 잘게 부서진 별 같은……

컴컴한 방안에는 톨가의 패드가 홀로 빛나고 있었다. 마르코가 다가가 패드를 들었다. 낯선 아바타가 해변에서 노래를 부르고 있었다.

"잘 부르지?"

마르코를 따라 톨가가 방으로 들어왔다.

"이 사람 혹시……"

"최근에 목소리를 샀대."

마르코가 입을 다물었다.

"정말 좋지 않아? 요즘 이 사람 인기 엄청 많아. 어디서 그런 목소리를 구했는지 모르겠어. 왜? 아는 목소리야?"

마르코는 머뭇거리다가, 고개를 저었다.

"아니……"

톨가는 얼른 나오라고 말하고는 친구들에게 돌아갔다.

마르코는 톨가의 방 한구석에 웅크려 앉아 울었다. 흘러나오는 노랫소리에, 바깥에서 웃고 떠드는 친구들의 소리에 자신의 울음이 파묻히길 바라며 새어 나오는 울음을 참지 못하고 울었다. 노래가 끝나면 그만 울겠다는 마음으로 울었다.

하지만 노래가 끝난 뒤에도, 친구들의 웃음소리가 그친 뒤에도 마르코는 울음을 멈추지 못했다.

들고 있던 패드를 내려놓았다. 패드 속 지상의 세계에선 눈이 내린다. 비인가, 먼지일지도 모르겠지만.

우주는

의주야, 그거 아니?

엄마는 사실 나를 살리려고 했다는 걸. 그런데 문득 똘망똘망하게 눈뜨고 있던 네가 아빠의 눈에 밟힌 거야. 너한테도 기회를 주자고 했지. 두 사람은 머리를 맞대고 고민했어. 고민할 시간에 그냥 한 명을 죽여버렸어야 했는데. 무르고 착한 사람들이었지. 나는 멍청하고 무책임하다고 생각하지만. 그렇게 두 사람은 고심 끝에 가장 머저리 같은 방법을 떠올려. 가위바위보를 해서 정하는 거였어. 내 목숨은 엄마에게, 네 목숨은 아빠에게.

너도 알겠지만 엄마는 가위바위보를 참 못해. 첫판에 무조건 가위를 내는 사람이잖아. 아빠는 그 법칙을 알고 있었어. 그러니까 우리의 목숨은 아빠 손에 달려 있었던 거야. 보자기를 내면 내가 살고, 주먹을 내면 네가 사는 거였지. 아빠는 주먹을 냈어. 그게 끝이야. 너는 살고, 나는 죽었어. 너와 나의 차이는 그것뿐이야. 그냥, 네가 자주 까먹는 것 같길래 말해봐.

나는 그 순간을 자주 생각해. 물론 기억에는 남아 있지 않지. 그때 우리는 손가락이나 빨고 울고 먹는 것밖에 못하는 갓난아이였잖니. 일종의 상상인 거지. 젊은 부부가 머리를 맞대고 애 둘 중 누구를 죽여야 할까 고민하다 가위바위보를 하는 모습. 떠올리는 것만으로도 한 시간은 배를 붙잡고 깔깔 웃을 수 있어. 갓난아이 목이 얼마나 단단하다고. 엄지에 힘 주고 눌러 몇 초만 기다리면 저항도 하지 않고 죽을 거, 꼴에 고르긴 뭘 골라. 그냥 손 닿는 아무나 죽여버리지. 하긴 그럴 인간들이 아니었으니까 차일피일 미루고 미루다 끝끝내 가위바위보라는 시답잖은 방법을 떠올렸을 거고, 그런 인간들이었으니 결국 목 한 번을 못 졸랐겠지.

너도 생각해본 적 있어? 오늘 죽여야지, 아니다, 내일 죽여야지, 생각하던 애한테 젖 물리고 밥 떠먹이던 부부의 심정을. 없겠지. 없을 거야. 나는 너를 이해해. 내가 너였어도 생각하지 않으려고 부단히 노력했을 테니까. 그러니까 너도 나를 이해해야 해. 나는 그때를 생각하지 않으면 할 게 없거든. 시간도 잘 안 가고. 무엇보다 그 모습을 우스꽝스럽게 만들지 않으면 분노를 달래기가 힘들거든.

증오에는 웃음이 필요해. 대상을 우습게 만드는 것만큼 좋은 게 없어. 효과가 길지는 않아. 웃음 뒤에는 더 큰 증오가 오니까. 고작 그까짓 게 나를 이렇게 만들었다고 생각하면 감정들이 비선형적으로 마구 번져나가. 주체가 안 돼. 그러니까 이 방법은 아주 가끔 써. 너한테만 알려주는 거야. 하긴 너는 증오가 뭔지 모를 수도 있겠다. 비꼬는 건 아니고, 너는 원래 감정의 폭이 크지 않잖아.

인과 관계가 어떤지는 잘 모르겠어. 애초에 말수가 적고 만사무심한 성격으로 태어난 건지, 아니면 내 눈치를 보고 자라느라 그렇게 큰 건지. 전자면 부럽고 후자면 미안해. 하지만 동시에 전자면 화가 나고 후자면 속이 후련해. 한 사람이 완전히 다 가질 순 없잖아. 정말로, 우리는 하나인 척 굴지만 하나가 아니니까. 머리가 두 개고, 팔이 네 개고, 심장이 두 개고, 다리가 네 개인데 어떻게 하나라고 할 수 있겠니? 등을 맞대고 다른 곳을 바라보고, 말하지 않으면 알 수 없는 생각을 하고, 각자 다른 사람과 키스를 할 수 있는데. 우리는 공유할 수 없는 것들이 많잖아.

오늘처럼 네가 피곤하다고 입을 꾹 닫고 자버리면 나는 네가 뭘 했는지 알 수가 없어. 네 소매에 묻은 소스의 흔적, 머리카락에 희미하게 묻어 있는 냄새, 신발에 끼어 있는 흙…… 그런 것들로 추측할 뿐이야. 어제는 네 신발 밑창에서 짠맛이 났어. 해변에 갔다 왔지? 하긴 너는 늘 네 친구들과 해변에 다녀오면 뻗어 자더라. 너의 그 친구들, 어쩌면 내 친구가 될 수 있었을 그 친구들.

네가 그랬지. 우리는 등가가 아니라고. 너를 뽑아낸 자리에 내가 심어지는 건 아니라고. 그러니까 억울해하지 말라고. 네 딴에는 위로한답시고 꺼낸 말이겠지만 나한테는 어떻게 들린 줄 아니? '탐내지 마. 의조야, 내 거 손대지 마.' 너는 분명 그렇게 말했어. 너는 모르겠지만, 내 귀에는 들렸단다. 너조차 깨닫지 않은 마음이. 어쩌면 네가 평생 모를 수도 있는 네 진심이.

하지만 의주야, 우리는 등가야. 그걸 잊으면 안 되지. 너랑 나는 별 차이가 없어. 너는 바보 같은 부부 손에 우연히 선택받았을 뿐이야. 네가 가진 건 네가 잘났거나, 특별해서가 아니라 살아남았기 때문이야. 그거 하나야. 네가 이룬 모든 것들을 나도 이룰 수 있었어. 네 말은 너무 가소로웠지만 나는 화를 내지 못했어. 내가 화를 내면 너는 집을 나가버릴 테니까. 다음에 오겠다면서, 금방 올 것처럼 말을 하고 며칠 동안 오지 않겠지. 너는 그러면 그만이야. 너의 한 시간이 나의 하루고, 너의 하루가 나의 보름인 걸 알면서도. 너는 자라면서 점점 뻔뻔해지니까. 머리가 커서 그래. 근데 나도 마찬가지거든. 뻔뻔해지고, 대범해지고, 강해지고, 비열해지고. 뭐든 괜찮아. 멍청해지지만 말자, 우리.

아 참, 그러고 보니 이 편지를 읽으며 많이 놀랐겠구나. 내가 글을 쓸 줄 안다는 거 몰랐을 테니까. 나도 많이 공부했어. 공부할 생각이 없었는데 말 한마디가 나를 바꾸더라. 그건 조금 이따 이야기해줄게. 하고 싶은 말이 너무 많아서 어떤 순서로 말해야 할지, 그 순서를 정하는 게 어렵다. 약간 흥분감도 들어. 문장을 쓸 때 나도 모르게 숨을 멈추게 돼서 자꾸 거친 숨을 쉬게 되거든. 내 생각이 글자로 옮겨지다니. 엄청난 일이야. 이건 어떤 세상을 옮기는 일이라고. 그래서 매번 문장을 쓸 때마다 건축하는 마음으로 해. 나는 건축도 뭔지 잘 모르지만, 이 지하 도시와 같은 거 아니겠어? 무너지지 않게, 헷갈리지 않게, 망가지지 않게.

너는 모르겠지만 나도 많이 컸어, 의주야. 손가락도 길어지고, 팔도 길어지고, 키도 컸거든. 너랑 나란히 서도 시선이 비슷하잖아. 네가 가져오는 옷들도 딱 맞고. 그러니 이 집이 얼마나 갑갑하고 좁겠니? 혼자 지내는 것도 아니고 엄마랑 아빠랑. 세 걸음 걸으면 끝나는 방이 내가 가진 자유의 전부야. 이런 건 자유가 아니라 속박이 더 맞는 표현인데 분하게도 나한테는 자유가 맞아. 나는 가끔 이럴 때마다 단어를 갈기갈기 찢고 싶어. 다른 사람들에게도 자유가 나와 같은 의미였으면 해. 날숨이 벽에 들러붙는 공간에서 느끼는 편안함, 가능성을 향한 헛된 바람, 까기 전까지 알 수 없는 상상의 무한함. 모두에게 자유가 나와 같다면 지하 도시가 답답하다는 투정을 안 할 텐데 말이야.

내 자유는 보장받지 못했단다. 너는 네 자유를 당연하게 느끼겠지만, 아니야. 누군가가, 아마도 이곳의 통제와 정책이 너의 자유를 보장해주었을 뿐이야.

그런 의미로 이곳을 지상으로 만드는 방법을 알려줄까? 네가 오늘 아침에도 아무렇지 않게 걸어다녔을 그 거리를, 별생각 없이 통과했을 그 문을, 감흥 없이 앉았을 벤치를 모두 낯설게 느끼는 거야. 자유는 갈급할 때 달콤하거든.

네가 맛보는 자유와 내가 느끼는 자유는 농도가 달라. 형태도, 무게도, 크기도. 네 자유가 풍선 같고 구름 같다면 내 자유는 총알이야. 위험하고 차갑지. 내가 그걸로 뭘 쐈는지 아니? 내 방에 있던 환풍구. 내 허파의 팽창, 내 숨길, 입력되지 않은 공간, 우주의 늪.

그 노래 기억나니? 엄마가 손으로 바닥을 짚으며 불러주었던 동요.

정글 숲을 지나서 가자

엉금엉금 기어서 가자

늪지대가 나타나면은

악어떼가 나올라, 악어떼!

　마지막 '악어떼'를 외칠 땐 언제나 엄마가 우리를 와락 끌어안으려 했고 우리는 잡히지 않게 도망 다녔지. 그때 규칙은 엉금엉금이야. 절대로 두 발로 뛰어서는 안 돼. 우리는 악어처럼, 악어가 뭔지 모르면서 악어처럼, 네 개의 다리로 엉금엉금 그 좁은 집을 정신없이 기어다녔어. 두 사람이 겨우 올라갈 수 있게 접어둔 이불 위로 올라가면 엄마는 우리를 잡지 못하는 게 규칙이었어. 우리는 거기서 숨을 골랐고, 엄마는 우리가 이불 밖으로 나오기를 기다렸지. 이불은 엄마가 들어올 수 없는 늪이었어. 우리가 보이지 않는. 너도 알았을까? 그 놀이에서 악어는 엄마가 아니고 우리였어. 우리는 엄마를 피해 엉금엉금 기어다니다 도저히 안 되겠다 싶을 때는 늪에 들어간 거야. 엄마는 뭐였을까? 악어의 천적? 뭐가 됐든 악어를 죽이려는 존재였겠지.

　네가 지난번에 그랬지? 그 놀이는 일곱 살이 마지막이었다고. 나는 아니야. 나는 꽤 오랫동안 엄마와 그 노래를 불렀어.

나를 쫓아오는 사람이 매번 바뀌는, 그런 놀이였어. 그럴 때마다 엄마는 나한테 엉금엉금 기렴, 악어처럼, 엉금엉금 기어가렴, 하고 속삭였어. 그들이 쫓아오지 못할 늪지대를 찾아.

배관 통로를 지날 땐 엉금엉금 기어야 해. 허리를 펼 수 없고, 앉을 수도 없으니까. 소리가 나지 않게, 숨도 죽여야 돼. 잘못했다가는 내 숨이 통로를 타고 멀리 퍼질 수도 있거든. 손바닥과 무릎, 다리에는 시커먼 먼지가 묻어. 그렇게 탄광을 뚫는 갱부처럼 십 분만 기어도 땀이 뚝뚝 떨어져. 배관 통로 안은 매우 덥기도 하거든.

거긴 내가 찾은 늪이야, 의주야.

엄마는 이제 '악어떼'를 부르지 않아. 내가 한 번만 더 부르면 그 입을 다 꿰매버리겠다고 협박했거든. 우리집에는 바늘이 없는데도 엄마는 그 이후로 입을 꾹 닫았어. 사실 좀 순화해서 말한 거야. 나는 언제나 말을 과격하게 해. 뾰족하게 하고, 날카롭게 하지. 누구든 찔리고 긁히라고. 그러지 않으면 종종 까먹더라고. 내가 살아 있다는 걸. 엄마가 상처받을까봐 걱정되니? 내 몫까지 네가 실컷 해. 나는 걱정 안 돼. 나한테 그런 것까지 강요하는 건 염치가 없지.

엄마랑 아빠는 그때 나를 죽이지 않은 걸 후회한대. 본인들을 위해서도, 나를 위해서도. 나는 그럴 때 허탈하게 웃다가 배를 붙잡고 웃어. 그러다 두 사람의 손을 붙잡고 말해. 지금이야, 더 늦기 전에! 후회를 더 쌓지 말고! 내 목을 조르면 끝날 일이야! 하지만 그 둘은 아무것도 못해. 미안하다고 하면서 제발 그만하라고 울먹여. 가끔은 어려워서 일부러 나한테 그 일을 미루는 것도 같아. 나 스스로 알아서 해결하라고. 자기들이 하기 전에, 내가 알아서 하면 편하니까. 그게 내가 할 수 있는 효도일까? 나도 한번 효자가 되어볼까?

진심은 아니야. 안 믿기겠지만 나는 요즘 사는 게 재미있어, 의주야. 이유가 궁금하겠지만, 지금 말하지는 않을래. 너도 내 기분을 조금 느꼈으면 좋겠어. 입술을 달싹이다가 피곤하다고 말아버리는 네 무심함을 내가 조금이라도 따라 할 수 있을지 모르겠다. 그럴 때의 너는 정말 야박하고, 못됐고, 이기적인데 그걸 완벽히 흉내낼 수 없다는 게 억울하다. 이기적이란 게 그래. 그것도 결국 좀더 가진 자만이, 조금 더 거대한 자유를 누리는 자만이 부릴 수 있으니까. 내가 네 앞에서 뻗대며 이기적으로 구는 건 너를 웃게 하는 코미디일 뿐인 거지.

네가 나쁘다는 건 아니야. 아니지, 사실 착한 거지. 순진하고 미련해서 오지 않으면 안 볼 수 있는 나를, 영영 끊어버릴 수도 있는 이 관계를 지속하는 거겠지. 어쩌면 나는 이미 지나치게 이기적으로 굴고 있는지도 모르겠다, 너에게만은. 내가 원하지 않았듯이 너도 원하지 않았을 텐데.

아홉 살 때, 네가 나를 데리고 나가겠다고 했던 거 기억나? 이불을 담는 커다란 가방에 나를 넣고 질질 끌고 나갔어. 그때까지 우리는 왜 내가 나가면 안 되는지를 몰랐지. 그 행위가 나를 죽이는 일인 걸 알았더라면, 너는 어떤 선택을 했을 것 같니? 눈앞에 있는 게이트를 지나는 순간 내 정체가 까발려지고 무장대원들이 찾아와 나를 데리고 가 순식간에 죽여버릴 거라는 걸 알았더라면 말이야. 나는 달려갔을 거야. 아빠가 우리를 발견하기 전에, 땀을 뻘뻘 흘리며 우리를 끌어안고 집으로 달려가기 전에, 가방 지퍼를 열고 뛰어나가 게이트로 달려갔을 거야. 무서웠겠지만 그건 순간이잖아. 살려달라고 빌며 울었겠지만, 이 나이까지 먹진 않았겠지. 두려움을 느끼기 전에 삶을 끝내버렸어야 했는데. 삶에 애착이 생기기 전에. 나도 살아 있는 거라고 느끼기 전에.

아빠의 얼굴이 또렷해. 겁에 질린 남자의 얼굴. 초라하고 별로더라. 뭐랄까, 기품 따윈 없고 궁핍해 보였달까. 땀에 젖은 머리카락과 퀭한 눈 밑, 거친 호흡, 맨발로 뛰느라 더러워진 발바닥, 화를 내야 할지 타일러야 할지, 어디서부터 어떻게 말해야 할지 몰라서 자기 이마만 툭툭 치던 손. 그 모든 게 좀 꼴불견이었어. 자신의 죄를 고백해야 하는 순간에 어떤 체면을 차릴 수 있겠어? 아빠는 그제야 우리에게 모든 걸 솔직하게 말했어. 아홉 살이면 말귀를 알아먹을 줄 알았던 거지. 실제로 내가 그 말을 온전히 이해한 건 열두 살 때인데 말이야. 머리에 엄지손톱만한 칩이 있다지? 이곳에 사는 모든 사람에게. 그 칩에는 이름과 출생일과 고유 아이디가 들어 있어서 구역과 구역을 나누는 게이트를 통과할 때마다 인식된다고 했어. 그게 꼭 있어야 한다고. 그게 없으면 '정체불명' 혹은 '미입력자' '불법 거주자' '비시민' '침입자' 따위가 되어 체포된다고. 그다음은 몰라. 어디로 잡혀가서 어떻게 되는지 모르지만 보나마나 죽겠지. 지하 도시가 이미 추방된 곳인데 여기서 어디로 또 추방할 수 있겠니? 한마디로 칩이 심겨 있지 않은 자는 이곳에 존재해서는 안 되는 거야. 나한테는 그 칩이 없고.

의주야, 너는 그때 그 말을 바로 알아들어서 아빠의 말을 멍하니 듣고 있던 내 손을 꽉 잡았던 걸까.

우리의 멍청한 부모는 우리가 한 명인 줄 알았다지. 유난히 작은 둘을, 유난히 큰 하나로 착각한 거야. 검사를 미리 받았으면 얼마나 좋았을까 생각했지만 형편이 이러니 그 점은 이해하기로 했어. 낳고 보니 두 명이었던 걸 어떡하겠니. 마음 약하고 멍청한 부모는 출생 신고를 하고 위원회 직원이 아이를 확인하러 올 때까지 한 명인 척했어. 의주. 단 한 명의 의주. 그때부터 의주라는 이름을 너와 나 중 누구에게 붙일지 고민했을 거야. 이름과 함께 살아갈 아이로 누가 좋을지. 눈도 똑같고, 코도 똑같고, 입술도 똑같고, 귓바퀴 모양도 똑같아서 꼭 나란히 석고로 떠놓은 것 같은 쌍둥이 중에서 누굴 살릴지 말이야. 결국 가위바위보라는 머저리 같은 방법을 택했지만. 이렇게 생각하니 그게 가장 현명한 방법이었을지도 모르겠다. 결과적으로 이미 따로 태어난 우리를 반죽 주무르듯이 도로 합칠 수 없어, 한 명을 택했어. 그게 너야. 나는 아니고. 왜 나는 아니었을까? 이 생각을 꽤 오래했어. 이제는 안 해. 내가 아닌 이유, 너여야만 하는 이유 없다는 거 알았거든.

계획되지 않은 아이는 수용할 수 없다는 그런 개같은 정책을 누가 만들었고, 누가 동의했을까? 왜 아무도 바꾸려 하지 않을까? 내가 이런 불만을 토해냈을 때, 너는 정책을 바꾸기 위해 노력하는 사람들도 있다고 했지. 나를 달래주려고 했던 말이지만 네가 억울해서 지른 말이라는 것도 알아, 의주야. 그게 너였으니까. 나를 밖으로 꺼내기 위해서 너는 몇백 통의 청원서를 보냈어. 하지만 돌아오는 답은 없었지. 가끔 네가 보낸 청원들은 어디로 갔는지 상상해.

웹에 괴물이 사는 건 아닐까? 은둔해 있다가 쓸모없는 데이터가 보이면 먹어 치우는 거야. 뭉친 털은 자세히 들여다보면 버려진 글자로 이루어져 있어. 걸을 때마다 떨어지는 비듬은 글자의 조각인 거지. 그렇게 떨어진 글자 조각들이 굴러다니다 어디 한곳을 콱 막아버렸으면 좋겠다. 모든 서버를 마비시키게. 칩이 다 무용지물이 되겠지. 그럼 나처럼 어딘가에 숨어 사는 인간들이 다 튀어나오겠지? 폭동이 일어날 거야. 이 정책을 만든 자들을 찾아내 죽일 거고 데이터 센터에 불을 지를 거야! 허겁지겁 모두가 밖으로 나가는 거지. 밖에서 우리가 살 수 있을까? 그건 나도 잘 모르겠지만, 누군가는 적응하지 않겠어? 원래 진화란 그런 거잖아. 가위바위보로 정해 살아남는 그런 졸렬한 방식 말고. 세상과 싸워 승리한 사람이 살아남는 거지! 그게 맞는 거잖아. 너도 그렇게 생각하지 않니? 누가 살아남아도 되는지를 인간끼리 정한다니. 어느 인간이 강한 인간이라고 자기들끼리 머리 맞대고 선별한다니. 웃기지도 않아. 우리는 우리가 멍청하다는 걸 좀 알아야 해. 우리가 정한 기준과 규칙이 얼마나 형편없는지. 인간은 지상으로 나가야 해. 그렇게 버티고 살아남는 사람이 진정한 통치자가 되는 거지. 그럴 수 있다면 나는 끝까지 살아남을 거야. 내가 얼마나 강한지 보여줄 거라고. 내가 살아남는 건 너무 당연해. 세상은 나를 죽였지만 나는 살아 있잖아. 이보다 강한 게 어디 있겠니?

내가 이런 식으로 나를 표현하면 너는 화를 내더라. 그게 잘못된 표현이라는 듯이. 하지만 의주야, 네가 화를 낸다는 건 결국 너도 이 말에 동의하기 때문이라는 걸 아니? 네가 정말로 그렇게 생각하지 않았다면 너는 화를 내지 않고 웃었을 거야. 만약 나를 오리너구리라 표현했다면 너는 진지하게 화를 내지 않았을 테니까. 너의 분노와 슬픔은 짙어질수록 나를 선명하게 해. 그러니까 화 좀 내지 마, 의주야. 그냥 웃어. 네가 화를 내도 내가 죽은 존재라는 사실은 바뀌지 않아. 차라리 춤을 춰, 무덤 앞에서.

네 오른쪽 골반이 조금 틀어졌다는 거. 네 무게중심이 엉덩이 쪽에 좀더 쏠려 있어 신발 뒷굽이 더 빨리 닳는다는 거. 너는 걸을 때 앞만 보고 걷는다는 거. 쫓기는 사람처럼 주위도 둘러보지 않아. 항상 목적지가 있고, 지체되는 걸 싫어해. 너의 걸음은 언제나 같은 폭과 속도라는 거. 네 정수리는 머리카락으로 빽빽하고, 가르마가 한 치 오차도 없이 정확히 머리 정중앙을 가로지른다는 거. 네 머리 위로 너를 따라다니며 알았어. 석고로 뜬 것 같을 줄 알았더니 그런 면에서 우리는 참 다르더라, 의주야.

너는 기껏해야 한두 달 전부터 내가 너를 지켜보고 있었다고 알고 있겠지만 아니야, 의주야. 내가 배관 통로를 기어다니며 너를 지켜보고 다녔던 건 처음 환풍구를 뜯고 그 안을 엉금엉금 돌아다니기 시작했던 때부터야. 처음에는 갈 곳이 없어서 그랬어. 밖을 돌아다닌 적이 있어야 뭐가 어디에 있는지 알지. 그래서 하루는 통로 안에 앉아 있기만 했어. 길이 난 곳으로 쭉 기어갔다가 그대로 돌아오는 것도 못했어. 그 직선 위에서도 길을 잃을까 무서웠거든. 그러다 너를 따라가야겠다고 생각했어. 네가 어디를 가든 하루의 종착지는 반드시 집일 테니까. 그래서 그랬어, 의주야. 음침한 마음을 품고 시작한 건 아니라고. 결과적으로는 그렇게 됐지만.

배관 통로를 기어다니며 내 무릎과 손바닥에 굳은살이 생기고 먼지 탓에 종일 콧물을 흘리는 동안, 이 도시를 활보하고 다니는 너는 하나하나 다 신비롭더라. 걸을 때 찰랑거리는 머리카락도, 누군가 부를 때 돌아보는 고갯짓도, 가족이 아닌 타인과 이야기하는 목소리, 자연스러운 몸짓, 휘어지는 눈매도. 웃는 걸 모르는 애인 줄 알았는데 아니더라. 너 웃는 거 참 예뻐. 내 앞에서 더 자주 웃지 그랬어. 우리는 눈꼬리가 올라가고 쌍꺼풀 선이 얇아서 인상이 매섭잖아. 그래서 나랑 있는 너는 가끔 화가 난 건지 구별이 안 될 때가 많았거든. 뭐, 네가 미안해서 그랬다는 건 알아.

의주야, 너는 친구들과 있을 때 특히 잘 웃어. 그때의 너는 내가 한 번도 본 적 없는 얼굴이야. 짓궂게 농담하는 것도, 소리 내어 웃는 것도, 얼굴 붉히며 같이 화를 내는 것도 전부 내가 처음 보는 너야. 낯설고, 질투 나는 너. 당장 달려들어 네머리에 있는 칩을 뽑아내고 싶은 충동을 일으키는 너. 그건어떤 감정이야? 함께일 때 너 자신을 마음껏 풀어놓을 수 있는 관계는. 있지, 아무리 머리를 굴려도 그건 내가 흉내낼 수 없는 감정이더라. 나는 죽을 때까지 알 수 없어. 네가 그곳에서 느끼는 감정은 한 단어로 설명할 수 없고 물감이 뒤섞이듯 그 아이들과 마구잡이로 섞여. 너는 흐려지고 불분명해져. 하나가 된다는 뜻이란다. 너와 그 아이들이. 서로의 감정이 섞여 구분할 수 없어.

이럴 때마다 묻고 싶어. 더는 묻지 않겠다고 했는데, 물어봤자 의미가 없는데. 왜 내가 아니고 너였어야 했을까? 우리는 다르지 않은데. 아닌가, 다른가? 다른데 내가 모르고 있는 걸까? 하지만 역시나 이건 중요하지 않겠다. 자꾸 물어서 미안.

치유키에 대해 말하고 싶어. 언젠가는 누군가에게 꼭 말해보고 싶었거든. 내 입으로, 내 손으로 그 애의 이름을. 너는 당황스러울 수 있겠다. 내가 콕 집어 한 사람을 말하고자 한다는 것 자체가.

네 친구, 치유키. 긴 눈썹과 검은 눈동자, 작은 코, 얇은 입술. 곡선이 아름다운 얼굴형과 윤기 나는 검고 긴 머리카락. 그리고 그 머리카락을 힘겹게 고정하는 작은 귀. 유난히 긴 목과 선명하게 드러나는 목빗근, 툭 튀어나온 빗장뼈와 왼쪽 빗장뼈에 찍힌 까만 점. 푸른 핏줄이 선명하게 비칠 정도로 하얗다못해 창백한 피부. 손가락은 가느다랗고 긴데, 그 손가락이 메스를 쥔다는 게 짜릿해. 인간의 살을 가른다는 게. 푹, 찌르는 순간 퍼지는 피를 보며 천천히 살을 가른다는 게. 그걸 묵묵히 바라보는 검은 눈동자는 더 아름다워져. 그럴 때면 그 애는 꼭 늪 같아. 수면은 잠잠하고 고요한데, 깊이를 가늠할 수 없는. 그런 눈이 환풍구를 볼 때가 있어. 누구와 있든 그 애는 종종 환풍구를 가만히 보고는 해. 컴컴하기만 한 그 너머에 뭔가 보인다는 듯이. 마치 그 안에 웅크려 있는 나와 눈을 맞추듯이. 어땠을 거 같니, 의주야. 너나 부모가 아닌 다른 사람과 눈을 맞추는 나는, 내 심정은. 내 존재를 너나 부모가 아닌 다른 사람이 발견했을 때의 나는, 내 기분은.

설명하고 싶은데 달리 표현할 방법이 없어. 그때 내 마음을 표현할 수 있는 단어가 세상에 없거든. 정말이야. 그나마 비슷한 거라면 울음이 있겠다. 다 큰 어른이 질질 짜는 거 말고, 막 태어난 빨갛고 따끈따끈한 아기가 목젖 덜렁거리며 우는 울음. 그건 감정이 하나잖아. 그냥 울고 싶다, 뿐이잖아. 내가 그랬어. 눈이 마주쳤을 때, 그러니까 지금 나를 본 건가? 싶었을 때 울고 싶었어. 일 초가 지나도 눈을 돌리지 않고 나를 바라보며, 내가 여기에 있다는 걸 알게 해주는 그 눈이 나는 너무 좋았어. 당장 환풍구 문을 뜯고 달려나가 끌어안고 싶었단다, 무작정.

의주야, 치유키는 나를 알아. 그건 내 착각이 아니었어. 그 애는 나를 봤거든.

미리 말해주지 못해서 미안. 하지만 이해해줘. 나도 네가 모르는 비밀을 만들고 싶었어. 내가 입을 다물어버리면 네가 영원히 알 수 없는 그런 '바깥의 일'이 내게도 생긴 거야, 드디어.

나와.

치유키가 말했어.

괜찮으니까 숨어 있지 말고 나와.

사실 한 번에 알아듣지는 못했어. 그때 나한테 통역기가 없었잖니. 근데 그런 건 손짓만 봐도 알 수 있잖아. 치유키는 정확히 나한테 그렇게 말하고 있었어. 이리 오라고.

지상에는 두 종류의 동물이 있었대. 울타리 안에 사는 동물과 울타리 밖에 있는 동물. 그 둘은 절대로 서로의 영역을 침범할 수 없었다고 해. 이해하지도 못하고, 섞일 수도 없는. 고작 울타리 하나뿐인데 그걸 둘 중 누구도 영원히 넘지 못했다더라. 의주야, 나는 울타리 밖에 사는 동물이야. 왜냐하면 나는 결국 울타리 안으로 들어가지 못했거든. 그래서 우리는 환풍구를 사이에 두고 이야기했어. 손가락 하나가 간신히 빠져나올 수 있는 틈으로, 눈을 맞추고, 서로의 손가락을 만져보고 언어를 들었지. 배운다는 거 좋더라. 내가 그때 배우며 깨달은 게 뭔지 아니? 나는 언어에 좀 재능이 있을지도 모른다는 거. 그리고 나는, 글자를 쓸 줄 모른다는 거.

너와 똑같이 생겨서 바로 알았나봐. 내가 쓰는 언어와 치유키가 쓰는 언어를 비교해가며 '나'가 무엇인지, '너'가 무엇인지를 알려줬어. 왜 나에게 언어를 알려주는지도 모른 채 그냥 배웠어. 근데 할 게 없으니까, 그걸 하지 않는다고 다른 걸 하는 게 아니니까, 나는. 시간이 빨리 갔어. 살면서 그런 시간의 속도는 처음 느껴. 나쁜 점이 있다면 특정 시간이 빨라진 만큼 다른 시간은 지나치게 느려졌다는 거야. 시간이 하염없이 늘어지는 순간은 정말 고역이었어. 악을 쓰고 싶었어. 누구에게든.

내가 치유키의 말을 알아듣기 시작한 건 그로부터 삼 개월 뒤야.

띄엄띄엄 치유키의 언어를 말하고, 알아듣는 나를 보며 치유키가 느리고 친절하게 말했어. 쇠창살로 조각난 치유키의 얼굴은 순진하고, 맑았고.

너는, 비밀이니?

내가 띄엄띄엄 알아들은 게 아니야. 치유키는 그렇게 말했고, 나는 아무 대답도 할 수 없었단다.

의주야, 나는 비밀일까? 비밀은 무언가를 지키기 위해 어떤 것을 숨기거나 감추는 거잖아. 까발려졌을 때 잃거나, 뒤틀리거나, 잘못되거나 나아가는 게 있어야 하는 거잖아. 근데 나를 그렇다고 할 수 있을까? 아무리 생각해도 나는 비밀이 될 수 없어. 나를 숨김으로써 지키고 있는 것이 없고, 내가 까발려진다고 해서 잃는 것이 없잖니. 나는 제로잖아. 카운트되지 않는 존재. 이미 죽었는데 또 죽인다고 뭐가 달라지겠어. 나는 비밀이라기보다 덜 지워진 자국인 거지. 안 지우고 감춘 게 아니라 지웠다고 생각하고 잊어버려 초라하게 남아버린 찌꺼기.

기억할지 모르겠지만 그래서 한동안 나는 아주 바빴어. 네가 오는 줄도 몰랐어. 치사하게 너는 내가 나와보지 않아도 나를 찾지 않더라. 이제 솔직히 말해봐. 그때 좀 설레지 않았니? 내가 말도 없이 사라진 걸까봐. 방에서 죽어버린 걸까봐. 그때 네 설렘을 깨버려서 미안. 하지만 용서해. 이제 이뤄주잖아.

치유키가 나에게 왜 언어를 알려줬다고 생각해? 너랑 닮아서? 그럴 수도 있어. 일종의 연민이자 동정이자, 사랑의 전염이지. 오염인가?

의주야, 너는 참 여러 사람에게 못됐다고 생각했어. 치유키를 알고 난 뒤에는 그 생각이 더 커졌어. 다 알고도 모르는 척하는 성격, 나 때문에 생긴 걸까? 해줄 수 있는 게 없으니까 딴은 간신히 찾은 숨쉬는 방법일 수도 있겠다. 그래도 설명되지 않는 것들이 몇 가지 있는데, 이건 좀 나중에 말하자. 어쨌거나 치유키가 너를 좋아한다는 거, 너도 알고 있었으면서 모르는 척했다는 건 변하지 않으니까.

내가 너를 왜 모르겠니? 의주야, 네가 나를 아는 것보다 나는 너를 훨씬 더 많이 알아. 너의 일거수일투족, 너의 습관, 네 친구, 네 마음마저……

내가 징그럽니? 그렇게 느낄 수도 있겠다, 누군가는. 하지만 너는 그러면 안 되지. 너만은 나를 무조건 이해해야지. 네가 문턱을 넘은 횟수만큼. 웃기다. 그거 하나 넘지 못해 좁은 배관 통로에서 먼지를 뒤집어쓰며 다니는 내가. 처지를 떠올리면 정말 웃겨. 배가 찢어지도록 웃고 싶어. 그러다 정말 갈기갈기 찢어지면 얼마나 좋으니.

나중에 알게 됐는데, 치유키는 미입력자를 죽이거나 그 시체를 치우는 일을 했어. 의사가 되기 위한 과정 중 하나 같아. 선별 방법은 모르겠어. 공평하게 모두가 한 번씩 죽여볼 수 있도록 차례가 있는 걸까? 꼭 필요한 과정이니까. 사람을 살리기 위해서는 사람을 죽일 줄도 알아야 하지, 이곳에서는. 치유키가 너한테는 이 사실을 말하지 않았을까? 나한테도 말해준 건 아니야. 내가 그 아이를 뒤쫓다 보게 된 거거든. 근데 아마 내가 보고 있다는 걸 치유키도 알았을 거야. 잠든 아기의 숨을 끊기 전에 환풍구를 올려다보았거든. 검은 눈동자가 더 짙었어. 잘 보라는 것 같기도 했고, 자기를 꺼내달라는 것 같기도 했어.

나는 그날 치유키가 아기를 죽이는 걸 봤어. 인간을 살리기 위해 살을 가르던 모습과 다르지 않더라. 그리고 나는, 아기가 부러웠어. 자기가 어디에 누워 있는지, 앞으로 어떤 고통이 있을지도 모르고 태평하게 잠든 아기가. 아차, 치유키가 죽인 아기는 고통도 안 느꼈을 거야. 치유키가 자장가를 불러줬거든. 아기한테만 들렸을 아주 작은 목소리로, 잘 자라고 노래 부르는 입술을 봤거든, 내가. 아기는 푹 잠들었고, 죽는 그 순간에도 울지 않았어.

그날, 내게 글을 가르쳐주던 치유키가 말하더라.

글을 알면 뭐가 생기는지 알아?

내가 모른다고 했더니, 곧장 답을 알려줬어.

싸우는 힘.

내가 무엇과 싸울 수 있을까? 의주야, 너는 내가 무엇과 싸워야 하는지 알고 있니? 내 순서가 있기는 할까? 싸운다는 건 말이야, 상대방의 힘이 나와 비슷할 때 가능한 거라 믿었거든. 근데 그때 치유키의 말을 들으며 그게 아닐지도 모른다는 생각이 들어서 조금, 아주 조금 설렜어. 내 소원 중 하나가 싸워 보는 거거든.

소리를 지르든, 주먹을 날리든, 칼을 휘두르든 어떤 방식으로든 싸워보기. 웃는 것도, 우는 것도, 화내는 것도 다 해봤는데 싸워보는 것만 해본 적이 없어. 너도 그렇잖아. 내가 화를 내면 미안하다고 하잖아. 내가 네 옷을 다 찢은 날에도 너는 도리어 미안하다고 했잖아. 너는 언제나 네가 진 척 굴었지만, 사실 아니야. 너는 애초에 나와 한 번도 싸워주지 않았어. 네가 달라질 것도 없고 의미도 없는 사과를 던질 때마다 나는 매번 싸워보지도 못하고 패배했어.

그거 되게 비참해.

네가 모르는 것 같아서. 이제 알라고 해주는 말이야.

하지만 치유키가 알려준 건 고작 언어와 글자잖아. 잡을 수 없는 무형無形. 그걸로 사람을 어떻게 찌르겠니?

그래서 치유키한테 물었어. 솔직하게. 무슨 말인지 하나도 모르겠다고.

몸통 박치기를 못할 것 같으면 조금 치사하게 굴어. 그것도 전략이야.

그러더니 이러더라고. 근데 그건 아무래도 정당하지 않잖아. 나는 늘 정당하지 않은 출발점에서 시작도 못해보고 패배했는데 똑같이 굴기 싫었거든.

이기적으로 생각해. 너 빼고 이미 다 이기적인데 뭘 걱정하는 거야.

그 말을 듣는데 어이없게 네가 생각나더라, 의주야. 이기적이어서 생각난 게 아니라, 너는 무고한 사람에 가까워서. 너는 이기적인 걸 견디지 못하잖아. 뻔뻔하지 못하고, 그래서 싸움을 피했잖아.

아니, 사람들은 자기가 이기적인 걸 모르는 거야. 인정하고 싶지도 않고.

의주야, 내가 이기적이어도 될까?

근데 웃기다, 너. 찌를 생각도 전에 다칠 사람부터 생각하고. 그래서는 안 돼. 사람 쉽게 안 죽어. 그러니까 찔린 만큼 마음껏 찔러. 걱정도 분수가 있는 거 알지? 빨려 들어가지 않으려면 남을 밟아서라도 올라가야지. 나약하게 굴지 마. 나 그런 거 되게 싫어해.

우주에 블랙홀이라는 게 있대. 별이 붕괴하면서 만들어진다는데, 빨려 들어가면 아무것도 빠져나올 수 없대, 빛조차도. 블랙홀은 우주의 환풍구일지도 몰라. 웜홀이라는 개념도 배웠어. 블랙홀로 빨려 들어간 것들이 다른 곳에서 배출되는데, 그걸 연결하는 통로야. 입구와 출구를 연결하는 거겠다. 그럼 웜홀은 배관 통로인 거지. 나는 어디와 연결되어 있는지 모르는 웜홀을 기어가. 엉금엉금. 그러다 한번은 배설물 정화 시설로 가서 지독한 악취를 맡았고(이건 정말 끔찍했단다), 한번은 식품 냉동 창고에 떨어져 죽을 뻔했어. 냉동 창고 환풍구가 녹슬었지 뭐야. 떨어질 때 충격에 몇 시간 기절해 있다가 입이 돌아갈 즈음 깼어. 천장을 기어 올라갈 방법이 보이지 않아서 그냥 이대로 죽을까, 이게 나한테 불쑥 찾아온 기회일까 싶어 겸허하게 죽음을 받아들이고 있었는데 너무 춥더라고. 젠장, 진짜 너무 추웠어! 내가 이렇게 얼어 죽어야 해? 한번에 죽는 방법도 많잖아. 근데 얼어 죽는 건 너무 불쌍하고 초라하게 느껴졌어. 죽어도 이렇게 죽는 건 싫더라고. 나한테도 그럴 권리는 있잖아. 내 죽음의 모습을 고를 수 있는. 적어도 그건 지켜줘야지, 나도 살아 있는데. 그렇지 않니?

거기에 있던 커다란 냉장고 문을 죄다 열어 암벽 타듯이 냉장고를 밟고 기어올라 무사히 환풍구로 들어갈 수 있었어. 얼어 감각도 느껴지지 않는 몸뚱이로 살겠다고 아등바등 통로를 기어 집까지 돌아왔어. 꼬박 이틀을 앓아눕고, 다시 환풍구로 들어갔을 때 문득 두렵더라. 내가 그때 어디로 갔었더라. 거긴 피해야 하는데. 아무리 떠올리려고 해도 생각이 안 났어. 그날은 결국 다시 방으로 들어와 꼼짝도 안 했어. 다음 날에는 다행히 움직일 마음이 들었는데, 문제는 바닥에 붙은 환풍구를 볼 때마다 몸이 얼어붙더라고. 또 말도 안 되는 곳에 떨어질까봐. 꿈도 꿔. 분쇄기에 떨어지는 꿈.

그러니 내가 치유키한테 글을 배우고 제일 먼저 뭘 했는지 짐작되니? 웜홀의 이정표를 만들었어. **여기로 가면 냉동실, 위험/광장 방향/해변 방향/계단**…… 내가 더는 길을 헤매지 않도록, 너를 쫓아다니지 않아도 혼자서 돌아다닐 수 있도록. 위험한 짓이지. 내가 이곳을 돌아다니고 있다고 누군가에게 외치는 꼴이 되니까. 근데 그 정도 위험은 감수해도 될 거 같았어. 행복했거든. 내가 나를 위해 이정표를 쓴다는 거. 누구한테 자랑하고 싶은데 할 사람이 치유키밖에 없더라고. 조금 무섭기도 했어. 기껏 가르쳐준 글을 그런 식으로밖에 못 쓰냐며 나를 한심하게 볼지도 모르잖아.

하지만 다행히 치유키는 그러지 않았어. 오히려 나한테 글을 알려준 게 보람 있고 뿌듯하대. 그리고 내 손을 잡고 물었어.

지하 도시 어딘가에 폭탄을 가득 실은 창고가 있다는데, 알아? 지하 도시 전체를 날려버릴 수 있을 정도의 양이라고 하는데. 모르면 혹시 찾아봐줄 수 있어?

의주야, 우리가 아는 치유키는 서로 달라. 감히 이런 말을 해도 될까? 내가 아는 치유키가 진짜야. 네가 아는 치유키는 가면을 쓰고 있어. 가면이 나쁘다는 건 아니야. 치유키는 너와 네 친구들을 좋아하니까, 친구가 되고 싶어서, 친구로 남고 싶어서 무언가를 숨기는 거야. 네가 나를 숨기듯이.

치유키가 살아가는 이유 역시 너와 네 친구들이야. 그거 하나야. 이렇게 말하면 네 마음이 무거울 수도 있겠지만 사실이 그래. 치유키는 너희가 아니었다면 진작 죽었을 거야. 치유키가 내게 알려준 자살하는 방법 중의 하나를 골라서.

이렇게 말하면 너는 치유키가 죽으려는 이유가 궁금할 거야. 당장 그 원인을 없애고 싶겠지. 하지만 언뜻 보면 이유가 보이지 않아. 치유키는 위원회가 규정한 틀에 딱 맞춘 가족에, 똑똑해서 일찍 의사라는 직업을 선택했어. 집이 지하 도시 중심부에 가깝고, 무엇 하나 아쉬울 것이 없지. 맞아, 치유키의 삶은 그래. 내가 꿈꾸는 삶이지만 바라본 적은 없어. 그런 삶들은 너무 비현실적이라 다음 생에도 내게 올 것 같지 않거든.

그렇지만 자세히 보면 보여. 치유키의 발이 바닥에서 조금 떠 있다는 거. 그 아이가 걸을 때 소리가 나지 않는다는 거.

죽고 싶다는 마음은 가볍고 산뜻해. 땅에 발이 닿지 않아서 어떠한 무게도 느끼지 않기 때문에 날아가고 싶은 거야. 더 드넓은 곳으로. 그러니까 이 사실을 알게 되더라도 치유키를 몰아세우거나 다그치지 않았으면 해. 너무 가벼워서 너의 센 입김으로도 날아갈 수가 있거든.

치유키의 몸에는 그래서 흔적이 많아. 날아가고 싶을 때마다 몸에 표시를 해두었거든. 나이테 같은 거. 나이테에 대해 아니? 나무가 자랄 때마다 몸에 새겨두는 흔적이래. 네 친구 중에 식물 좋아하는 애 있잖아. 너를 좋아하는 줄 알았는데, 사실 아니었던 그 애. 누구더라, 키가 조그맣고 눈이 동그랗게 생긴…… 맞아, 소마. 소마를 좋아하는 애. 그 애를 따라다니다가 알게 됐는데 치유키의 몸도 그런 셈이지. 그 자체가 삶의 궤적이야.

치유키가 가벼워지는 순간의 표정이 있어. 몸이 천천히 떠오를 때 무중력의 시공간으로 입성해. 누구도 엿볼 수 없는 곳이야. 치유키가 다시 땅에 내려올 때까지 기다려야만 하지. 환풍구에 쌓인 먼지를 전부 닦아낼 때쯤 치유키가 아무렇지 않게 웃으며 인사를 해와. 그럼 나는 기다린 적 없다는 듯 그 인사를 받아. 그리고 치유키의 몸에는 또 한 줄의 테가 새겨져 있어. 내 말을 듣고 너무 두려워하지 마, 의주야. 너도 똑같

아. 너도 종종 같은 표정을 지어. 다만 네가 모를 뿐이야. 하지만 내가 또 의리가 있으니 해결 방법은 알려주고 갈게. 너희가 아니었다면 난들 머리를 터뜨려 죽든, 손목을 잘라 죽든, 배를 갈라 내장을 끄집어내 죽든 알 바 아니지만, 아니, 가끔은 사람들이 단체로 그러면 재미있겠다고 생각하지만, 너희는 아니야. 내 상상 속에서 너희는 언제나 그 재미있는 광경을 구경하는 1열 관객이야.

치유키가 날아가지 않도록 끌어안고 싶어지지 않았니? 다른 누구보다, 치유키를 더 꽉 안고 싶잖아. 치유키의 나이테에 입을 맞추고 싶어하는 거 다 알아. 뽀얗고 부드러운 살결을 어루만지며, 땅에서 떨어지려고 할 때마다 겨드랑이 사이로 팔을 넣고 꼭 끌어안아주고 싶겠지.

그게 방법이야. 네가 끌어안는 거. 네가 더는 참지 않는 거. 네가 눈치보느라 네 마음을 꽁꽁 뭉쳐 구석에 던져두지 않는 거. 내가 해줄 수 없는 일이야. '환풍구 밖으로 나갈 수 있잖아?'라는 말을 하지는 않겠지? 너는 눈치가 빠르니까. 너는 눈치를 먹으며 자랐으니까. 그게 내가 너에게 준 선물이니까.

그러니 이제 그 선물을 다시 뺏어갈까 해. 아무도 모르는 곳에 버릴 거야. 의주야, 네가 선택된 것은 멍청한 부모 덕이겠지만 내가 바깥을 돌아다니지 못하는 건, 내가 죽은 존재가 되어버린 건 네 탓도, 부모 탓도 아니야. 머리에 칩이란 걸 심을 생각을 한 머저리들이 죄란다. 그러니 더는 눈치보지 마.

이제 이 글을 남기는 이유를 너에게 정확히 말해주어야겠지? 몇 달 전 나한테 신기한 일이 생겼어. 여느 때처럼 배관 통로를 지날 때였어.

여기로 가면 냉동실, 위험.

이라고 썼던 글자 아래 누군가 이렇게 써놨더라고.

고마워요.

나는 멍하니 그 글자를 보았어. 손으로 만져보고 싶었는데 그러면 지워질 것 같아서 그러지 못하고 냄새를 맡았어. 쇳내밖에 나지 않는데 너무 좋아서 몇 번이고 맡았어. 그러다 울었어. 몸을 부르르 떨며. 그게 내가 기억하는 나의 첫울음이야. 그토록 답답하고 억울해도 나오지 않던 울음이 그날 나왔어. 나 말고 누군가가, 나와 같은 누군가가, 이 좁은 통로를 기어가는 누군가가, 세상의 늪에 빠져버린 누군가가 또 있구나. 나에게 해야 할 게 생겼어.

의주야. 내 핑계는 이제 그만둬. 이 말을 너에게 꼭 해주고 싶었단다. 네 삶에서 나라는 이유를 계속 붙이지 마. 너는 꼭 네가 행복하면 내가 싫어하는 줄 알더라? 근데 사실 맞아. 아까지는 그랬어. 근데 지금은 아니야. 이 마음이 또 언제 바

낄지 모르겠지만, 나는 이제 싸울 수 있어. 이게 도대체 무슨 힘인지는 아직 잘 모르겠지만. 그러니까 너도 이제 마음껏 행복해봐, 어디 있는 힘껏.

치유키가 말했던, 이 도시를 전부 날릴 수 있는 폭탄이 담긴 방을 찾을 거야. 아직 못 찾았거든. 그걸 찾게 되면 너한테는 미안하지만 바로 터뜨릴 거야. 그때까지 삶을 즐기기를 바랄게. 그러다 만약 이 도시를 탈출하고 싶어지면 언제든, 나가. 밖에 뭐가 있는지 아무도 모르지만 여기보다는 낫지 않겠니? 숨이 막혀 죽는다고 해도.

나는 이제 내가 할 수 있는 걸 계속해나갈 거야. 나는 고마워요 씨를 만날 거야. 엉금엉금 기어서. 가끔 내가 보고 싶을 때는 천장을 올려다보렴. 그 모든 곳에 내가 있을 거라 상상해.

그렇지만 의주야. 그러고도 내가 보고 싶어질 때는 말이야 좁은 방안에 웅크려 앉아 거울을 봐. 그게 내 얼굴이야.

아 참.

한 가지 말해줄 게 있어. 가끔 통로에서 이전에 없던 바람의 흐름이 느껴져.

조심해. 어쩌면 이곳, 붕괴하고 있는 걸지도 몰라.

이끼숲

즐거운 생각을 할까 해. 소용이 없더라도 말이야.

방법은 간단해. 행복했던 때를 떠올리는 거지. 몸이 함께 기억하는 순간들. 예를 들어볼까? 건전지가 방전돼 알람이 울리지 않았던 그날 아침, 평소보다 일찍 눈을 떴음에도 몸이 개운함을 느낀 순간 나를 덮쳤던 서늘함. 약속 장소로 전속력으로 달리던 때 폐부에 가득 들어차던 팽팽한 공기. 스피커를 통해 들리던 시냇물 흐르는 소리와 스타카토처럼 끼어든 참새의 울음, 코를 통해 온몸에 퍼지던 인공적인 풀 냄새, 신발로 땅을 툭툭 내리찍으며 나를 기다리던 너를 발견했을 때의 안도감과 미약하게 떨리던 몸, 긴장한 듯 멈춘 숨. 뜬금없이 달려가 너를 와락 끌어안아버리고 싶던 충동, 그걸 억누르느라 꽉 쥐었던 주먹. 그건 내가 너를 사랑하고 있다는 걸 처음 자각한 순간이야. 나를 기다리고 있는 네가 참을 수 없게 사랑스러웠고 그날 이후로 하루에도 몇 번씩, 너를 사랑하고 있다는 걸 자각했어. 어쩌면 매 순간. 하지만 그 어떤 순간도 그날을 이기지 못해. 애꿎은 흙을 툭툭 차고 있는 줄 알았더니 그게 아니라 너는 작게 핀 이름 모를 조형 꽃이 쓰러지지 않도록 흙을 모아주고 다져주고 있던 거였어. 나는 그걸 먼발치에서 바라봤는데도 마치 아주 가까이서 지켜본 것처럼, 너와 나란히 서서 꽃이 쓰러지지 않길 바랐던 것처럼 떠올라. 그럼 나는 기억을 주무르게 돼. 늦어서 미안하다고 말하는 게 아니라 사랑한다고 끌어안아. 따끈따끈한 빵을 품에 안은 온도를 느껴. 웃기지 않니? 나는 네 온도를 몰라. 너를 끌어안은 적은 딱 한 번뿐이고, 그때 너는 냉장고에 넣어둔 바게트처럼 차갑고 딱딱했는데 말이야. 온기라고는 조금도 없이.

결국 여기까지 생각이 이르면 나는 오늘도 즐거워지는 데 실패하고 어쩔 수 없이 눈을 뜬다. 그 애의 차가운 몸을 떠올리며. 소름 돋았던 피부의 촉각을 바짝 세우며. 두피가 가렵다. 각질 때문인지 작은 벌레가 기어가서 그런 건지. 아니면 작은 벌레가 각질을 갉아먹고 있어서일지도 모른다. 꿉꿉한 기분이 들어 머리끝까지 끌어올렸던 이불을 밀어내고 침대에서 상체를 일으킨다. 천장의 내장형 공기청정기에 푸른 불빛이 들어와 있는 것을 보며 숨을 크게 들이마셨다 천천히 내뱉는다. 스크린으로 보았던 모델들이 종종 우거진 녹음 가운데에 앉아 그러했던 것 같아서. 책상다리를 하고 있던 것도 기억나 뒤늦게 두 다리를 겹쳐 흉내를 낸다. 두 손을 양 무릎에 포개고, 시선이 천장을 향하도록 고개를 살짝 젖혀 들숨 오 초, 날숨 오 초. 누구도 녹음 가운데서 폐가 팽팽해지도록 마신 숨이 어떤지 모를 거란 생각이 들자 내 행동이 우습게 느껴져서 나는 그 상태로 푸흐흐, 하고 웃음을 흘린다. 흔들리는 고개를 따라 몸이 좌로 우로, 앞으로 뒤로 흔들리다 그대로 뒤로 넘어간다. 봉제 인형처럼 픽 꺾인 내 꼴이 또 웃겨서 두 팔을 배에 올리고 한동안 웃는다. 울다보면 잠이라도 드는데 웃는 건 머리만 아프게 만든다. 그래서 우는 것보다 웃는 게 더 별로다.

웃지 않기 위해 볼에 힘을 주고 천장을 노려본다. 창문 하나 없는 비좁은 집. 흰 거미 한 마리가 허공에 대롱대롱 떠 있다. 숨을 크게 내쉬면 날아갈 것 같아서 숨을 참는다. 초인종이 지잉, 지잉, 똥파리처럼 운다. 숨을 참느라 대답할 수가 없다. 나는 난감한 듯 현관문을 바라본다. 이 긴박한 상황을, 흰 거미를 살리기 위한 내 노력을 알아주어야 할 텐데. 초인종은 몇 번 울리다 멈춘다. 내 숨 참기도 그쯤에서 더 버티지 못하고 멈춘다. 고개를 휙 돌려 숨을 토해내자, 현관문을 쾅쾅 두드리며 익숙한 목소리가 외친다.

"소마, 안에 있는 거 알아. 안 자는 것도 알아. 듣고 있다는 것도 알고. 그러니까 문 열어."

나는 문을 가만 바라본다. 어쩐지 마음먹으면, 간절히 바라면 문손잡이가 저절로 움직일 것 같기도 해. 그래서 간절히 바라본다. 열려라, 제발. 제발, 제발, 이제 제발 그만.

"부탁이야, 소마. 얼굴 좀 보여줘."

바람이 이루어질 때가 됐는데 손잡이는 미동도 없다. 서럽다. 일순 눈물이 쏟아진다.

"네가 보고 싶어."

나는 이불과 함께 몸을 둥글게 말고 입을 벌려 운다. 울 때 소리를 내지 않으려면 입을 닫는 것보다 벌리는 게 효과적이다.

다 울고 났을 땐 나를 부르던 치유키도, 매달려 있던 흰 거미도 사라진 상태였다.

*

월패드의 내선 전화가 이른 아침부터 울어댄 탓에 일찍 눈이 떠졌다. 그것이 이른 아침부터 다급하게 온 전화인지, 느지막한 오후에 최후의 통첩처럼 비장하게 걸려온 전화인지도 침대에서 꽤 많은 시간을 할애한 후에야 알아낸 것이다.

기상 알람이 울리며, 나는 그 전화가 꼭두새벽에 온 것이라는 걸 알았고 그다음에는 누구에게서, 어떤 일 때문에 왔는지가 궁금해졌다. 나는 페이지를 넘기면 정답이 적혀 있는 스도쿠를 풀듯이 전화만 받으면 알 수 있음에도 꾹꾹 참으며 생각에 골몰한다. 하지만 퀴즈는 금방 끝난다. 세번째 전화가 끊기며, 자동 응답으로 넘어가더니 상대방의 메시지가 흘러나온 탓이다.

—소마, 나 팀장이야. 더 기다리고 싶지만, 회사에서 줄 수 있는 시간은 이미 예전에 끝났어. 그만 돌아와야 해. 오늘까지 나오지 않으면 회사가 위원회에 보고할 거야. 그럼 정신재활원에 가야 하는 거 소마도 알잖아. 오늘은 꼭 나와주기를 바라, 기다리고 있을게.

마지막 말을 하기 전에, 팀장은 어떤 말을 내뱉으려다 도로 삼켰다. 축축하고, 고요하다는 말을 하려고 하지 않았을까, 추측한다. 사람들이 정신재활원을 표현할 때는 그 두 단어를 꼭 쓴다. 그렇게 말하는 사람 중에서 정말 그곳에 다녀온 사람이 있는지는 알 수 없지만, 아마도 아주 적은 숫자일 것이고 그중에서도 그때의 기억을 꺼내는 사람은 별로 없을 것이다. 정말로 그곳에 다녀왔다면 떠올리려고도 하지 않을 테니까. 적어도 톨가의 애인인 디에고는 그랬다. 디에고는 몇 년 동안 VA2X를 섭취하지 않고 그 약을 사는 대신 돈을 모았다. 삼 년 뒤 지상을 여행할 수 있다는 풍문을 어디선가 주워듣고 와서는 경비를 모아야 한다는 이유였다. 하지만 정작 찾아온 건 여행이 아니라 조금씩 밀려오다 한순간 디에고를 덮쳐 움직일 수 없도록 결박한 무력감과 우울이었다.

그날, 디에고는 가스실 압력 화살표가 '위험'에 향해 있는 걸 보고서도 아무런 대처도 하지 않았다. 지나가던 사수에 의해 폭발 사고는 면했지만 디에고는 정신재활원을 피할 수 없었다. 가장 깊은 곳, 아주 희미한 빛만이 곧 꺼질 것처럼 점멸하는 그곳에서 VA2X를 먹지 않았던 디에고가 어떤 재활을 받았는지는 아무도 알지 못한다. 디에고는 지상 여행을 꿈꿀 정도로 허무맹랑하고, 동시에 목표를 이루기 위해 망설임 없이 행동하는 진취적이고 열정적인 사람이기도 했다. 지상을 여행할 수 있다는 소문을 믿을 정도로 멍청한 사람이었다는 뜻도 된다.

하지만 정신재활원에 갔다 돌아온 디에고에게서 더는 이전의 모습을 볼 수 없었다. 훗날 폭발을 막은 사수의 말을 듣기로, 디에고가 가스 계기판을 분노에 찬 눈으로 노려보며 울고 있었더랬다. 마치 폭발하기를 바란다는 듯이. 디에고가 입을 닫고 있으므로 진실은 아무도 알 수 없지만 사람들은 그 말을 믿는다. 진실이 무엇이면 어떠냐는 듯.

그곳은 무서운 곳이지, 그럼. 나는 고개를 끄덕인다. 가본 적은 없지만 무섭지 않을 리가 없다. 톱니바퀴가 맞물린 듯한 곳이라도 멈추면 전부 멈춰버리는 이곳에서 나태함과 무기력함, 게으름과 우울은 가장 무서운 전염병이다. 하지만 그걸 알면서도 나는 몸을 말아 눕는다. 씻고, 수건으로 젖은 머리카락을 감싼 채로 밥을 먹고, 머리카락을 말리고, 옷을 갈아입고 나가야 하는 시간임에도 나는 누워, 내 미래에 대해 생각한다. 아니, 내 미래를 방관한다. 그때의 나를 걱정할 기력이 남아 있지 않아서.

문밖으로 좁은 복도를 오가는 사람들의 발소리가 들린다. 나는 눈을 감고 숫자를 센다. 백 초를 다 세면 밖이 조용해질 거라 믿으며. 딱 백 초를 세면 고민이 다 사라진다는 그 애의 말에 속아보는 척.

그러다 까무룩 잠이 든다. 눈을 뜨자마자 이번에도 내가 제일 먼저 하는 일은, 낮인지 밤인지 구분하는 것이다.

밤이다.

*

의주의 말이 부쩍 자주 떠오른다. 곱씹고 싶어 기억 속에서 꺼내는 것은 아니고 변기에 앉아 있으면, 겨우겨우 치약을 칫솔에 짜고 있으면, 냉장고 문을 열려고 할 때면 불쑥불쑥 사고처럼 나를 친다. 그럼 나는 모든 것을 멈추고 함부로 추측하지 않으려 애를 쓴다. 어떤 가정도 붙이지 않기 위해 노력한다. 이럴 때마다 의주가 밉다.

타고나길 외골수에 원칙을 고수하는 성격의 의주는 이런 성격 덕에 학교에서 자잘하게 일어나는 파벌 싸움에 끼지 않았고, 마찬가지로 이런 성격 탓에 가끔 싸움의 원인이 되기도 했다. 몇몇 아이는 자신들의 행위를 무책임과 집단 괴롭힘의 단초로 받아들이고 대응하는 의주를 아니꼽게 바라봤지만 내가 의주와 친해진 건 의주의 그런 태도가 좋아서였다. 아주 잠시 의주를 섬겼던 것 같기도 하다. 친구라기에는 일방적인 구애에 가까웠으니까.

의주가 기계를 좋아하는 게 당연하게 느껴진 것도 그래서였을지도 모른다. 하는 짓이 꼭 감정 없는 로봇 같아서. 언젠가 이런 내 말은 들은 너는 푸하, 웃음을 터뜨렸다가 어느 순간 웃음을 멈추고 그럴지도 모른다고 진지하게 내 말을 받아쳤다.

'의주는 그런 면이 있지. 하지만 기계 같다는 게 비인도적이라는 뜻이면 공감하지 않아. 의주의 기계 같음은 그런 거지, 보안이 설정된 메모장 같은 거. 의주는 먼저 묻지는 않지만 잘 들어주고, 내가 다시 말할 때까지 굳이 도로 꺼내지 않고 또 누구에게 쉽게 내 이야기를 전달하지도 않잖아.'

이쯤에서 비밀 하나만 털어놓을까? 나는 그 이야기를 들으며 너도 의주에게만 털어놓은 비밀이 있는 걸까, 궁금했어. 몹시 초조하고 불안했던 기억이 나. 너와 의주, 둘이서 나만 모르는 어떤 비밀을 공유하고 있을까봐 밤이 되면 침대에서 한참을 뒤척였어. 나도 알고 싶다는 마음과 함께 내 곁의 가장 소중한 사람들인 너희 둘의 관계를 시기하고 있다는 생각에 괴로웠다는 걸, 너에게 말해주지 않았으니 너는 모를 거야.

두 사람이 나에게 서로의 사랑을 고백하는 악몽으로 몇 달을 시달리다 어느 날, 거짓말처럼 이 마음이 사그라들었어. 내 안의 두려움이 드디어 날 놓아준 거야. 일어나지 않을 일을 상상하며 괴로워하는 건 의주의 말대로 최악이야.

어쨌거나 의주는 기계가 좋다고 했다. 사람의 마음은 넘겨짚고 추측하다 잘못되는 경우가 많지만, 기계는 틀려도 아무 일도 일어나지 않는다고, 아주 가끔은 정말 위급한 순간을 막을 수도 있다고. 기계의 마음을 추측하는 게 무엇이냐고 내가 묻자 의주는 소리와 상태에 집중하는 것이라 했다. 오늘따라 소리가 조금 이상하거나, 어딘가 석연치 않은 진동이 느껴지면 누가 시키지 않아도 부품을 뜯어 안을 살핀다. 살짝 녹이 슨 작은 나사까지도 발견해내는 의주를 볼 때마다, 의주를 둘러싸고 있던 무심하고 냉소적이라는 말들이 틀렸다는 걸 느낀다. 의주는 누구보다 세심하고 다정하다. 그렇기에 나는 의주의 말을 믿는다.

나는 세수를 하다 욕실 바닥에 웅크려 앉아 숨을 고른다. 숨이 내뱉어지지 않아 일부러 크게 들이마시고 내뱉는다. 목에서인가, 아니면 폐에서인가 숨을 뱉을 때마다 쇳소리가 난다. 침대로 돌아갈까, 싶다가 일어날 기력이 없고 바닥 타일의 차가움이 나쁘지 않아 나는 그대로 눕는다. 시원하다. 약간 추운 것 같기도 해서 몸을 조금 웅크린다. 의주의 말이 치고 간 등이 얼얼하다.

*

유통기한이 열흘 넘게 지난 땅콩우유를 들고 싱크대 개수대를 바라보다, 입구를 열어 냄새를 맡는다. 냉기만 느껴진다.

흔들었을 때 걸쭉한 느낌도 없다. 나는 그제야 입술을 대고 들이켠다. B4층에서 재배되고 있는 땅콩은 이곳 사람들이 가장 즐겨 먹는 식품이다. 풍족하고 값이 싸다. 있는 그대로 먹고 잼이나 반찬으로도 먹을 수 있으니 거의 모든 음식에 활용된다고 할 수 있다.

땅콩의 다른 명칭은 낙화생이다. 지상에 노란 꽃을 피웠다가 그 꽃이 떨어질 즈음 씨방 자루가 땅을 파고들어 열매를 맺는데, 그 열매가 땅콩이기 때문이다. 땅속으로 기어들어 가야만 자랄 수 있는 땅콩은 땅속이어야만 살 수 있는 인간과 닮았다. 지금 우리의 삶은 예전 문명으로부터 떨어진 꽃처럼 느껴진다.

내가 그깟 땅콩에게 떨어지는 꽃의 삶 따위의 이름을 붙여준 옛사람들의 감수성을 비웃는 동안 그 애는 아랑곳하지 않고 다음 주제인 아몬드에 관해 이야기했던 기억이 난다. 그 애가 꽂히는 식물은 날마다 달랐는데 그날은 작고 동그랗고 딱딱한 것에 꽂혔던 것이다.

'아몬드는 우리 손톱만한 크기의 타원형에 갈색빛인데, 지상 사람들은 아몬드를 견과류라고 흔하게 착각했대. 사실 견과류가 아니고 과일의 씨앗인데.'

땅콩을 먹으며 한 번도 먹어본 적 없는 아몬드를 상상했다.

땅콩 맛이 날 것만 같았다.

'생아몬드에는 아미그달린이라는 화학물질이 있어. 이게 몸에 들어가면 시안화수소를 만드는데 그게 청산가리랑 똑같아. 그래서 청산가리의 냄새가 아몬드와 비슷하고. 그러니까 아몬드는 사실 인간이 먹지 못하도록 생겨난 거지.'

나는 기함한다. 먹지 못하도록 진화한 생명의 보호막을 무참히 뚫고 씹어대는 옛날 사람들의 무자비함에 역겨움을 느끼면 그 애가 수습하듯 말을 덧붙였다.

'진화에서 인간이 더 강했던 거야. 강해서 많아진 것뿐이고. 절대적인 숫자가 많아지니 자리를 더 차지하게 된 거지. 무엇이든 똑같아. 그게 이기적으로 보여? 생존을 위해 이기적인 게 인간뿐일까? 살기 위해 다른 식물의 몸을 휘감고 올라타서 광합성하기에 우위를 차지해 다른 식물을 천천히 말라 죽이는 덩굴식물도 있대. 다른 식물을 죽이며 자란다고 해서 교살 식물이라고도 부른다고 했어. 식물도 그렇게 이기적으로 자라. 살기 위한 경쟁은 언제나 잔인할 수밖에 없어.'

그렇게 말하고 그 애는 갑자기 웃으며, 나랑 말하면 꼭 이렇게 대화가 옆길로 샌다고 말했다. 그게 왜 내 탓이냐고 따지려던 나는 입이 찢어져라 호탕하게 웃는 그 애의 얼굴을 보고 말을 잃고, 웃음이 멈추기를 기다리는 척 그 얼굴을 관찰

하고 또 새겨두었다. 어떤 본능 같은 걸까. 문득 그런 생각이 든다. 내 안의 위험을 감지하는 본능과 감각이 그 애에게서 풍겨오는 어둠과 이별의 기운을 느꼈던 걸지도 모른다. 만약 그런 거라면 미래를 예측하지 못하고 두려움에 둘러싸여 현실을 담아두기에만 급급했던 내가 원망스럽다.

웃음이 가실 무렵, 그 애는 커다란 눈으로 나를 보았는데 나는 아몬드가 그 애의 눈처럼 동그랗고 예쁘지 않았을까 생각했다. 저 눈동자처럼 고요하게 갈색빛으로 빛나고.

'아마도 우연히 돌연변이를 발견했던 것일 거야. 먹고 죽기를 반복해 인간에게 면역이 생긴 게 아니라. 정말 신기하지 않아? 우연히 생긴 돌연변이가 견과류도 아니면서 그 대표 주자가 되어 그렇게 오랫동안 인간에게 사랑받았다는 게.'

침대에 누워 아몬드 맛을 상상한다. 입안에 남아 있는 땅콩 향 탓에 나에게 아몬드는 여전히 땅콩과 다를 게 없지만, 아닐 텐데, 독처럼 달콤한 것일 텐데.

'소마, 만약 네 앞에 아몬드가 있어. 근데 이게 독이 있는 야생 아몬드인지, 독이 없는 아몬드인지 몰라. 그럼 너는 어떡할 거야? 그 아몬드를 먹어볼 거야? 안 먹어? 궁금하지 않아?'

독을 품은 것이 아름답다고 했으므로 독을 닮은 맛 역시 정말 달콤했을 텐데.

'나는 먹어보고 싶어. 내가 먹는 아몬드는 독이 없을 거라고 믿어. 나는 운이 되게 좋으니까! 그러니까 만약 그런 기회가 오면 내가 먹어볼 테니까 너는 걱정하지 마. 내가 먹어보고 너한테 설명해줄게.'

역시 모르겠다.

아마 영원히 모르겠지, 아몬드의 맛.

*

처음 초인종이 울릴 때까지만 해도 침대에서 일어날 생각이 없었다. 근래 찾아오는 모든 이들이 다섯 번 정도를 누르다 떠났으므로 이번에도 그 정도만 참으면 될 것이라 여겼다. 하지만 다시 잠들기 위해 이불을 끌어안으며 몸을 잔뜩 움츠린 순간 여섯번째 초인종이 울리며 나는 그쯤 눈을 뜬다. 문을 열어줘야 할까. 그러는 게 맞는데, 그러고 싶다는 의지가 생기지 않는다. 의지의 부재는 내 탓이 아니다. 내가 원했던 것이 아니므로. 그러니 하염없이 억울해지고, 화가 나는 거다. 아무 말도 하고 싶지 않음과 동시에 무작정 소리를 내지르고 싶다는 충동에 함께 휩싸인다. 소리를 지를까. 그래, 소리를 지르자.

그렇게 입을 벌린 순간,

"안에 있는 거 알아. 지금 듣고 있다는 것도 알고."

입을 다문다. 고개를 돌려 현관문을 바라보다, 이내 상체까지 일으킨다. 이렇게 빠르게 움직이는 게 오랜만인 것 같다.

"정신재활원에서 좀 이따 직원을 보낼 거야."

현관문을 가만 응시한다.

"그러니까 문 좀 열어줘. 그전에 너한테 할말이 있어서 그래."

처음 듣는 것처럼 낯선 마르코의 목소리에 그날의 두려움이 되살아난다. 나에게 어디냐고 묻던 의주의 떨리던 목소리. 침착하기 위해 애쓰느라 몇 번이고 삼키던 숨. 단 한 번도 들어보지 못한 목소리로 의주는 나에게 그 애의 죽음을 알렸다.

나는 이제 타인의 낯선 목소리가 무섭다. 낯선 행동이 두렵다. 문득 지금이라도 막으려면 막을 수 있을 것 같다는 느낌이 든다. 그래, 의주에게 내가 먼저 화를 냈더라면 없던 일이 됐을지도 몰라. 확인하기 전에 상황을 바꿀 수 있었을지도 몰라. 아직 죽음을 듣지 않았으므로. 나는 그런 생각으로 자리에서 벌떡 일어나 현관문으로 성큼성큼 걸어간다. 허술하게 묶여 있던 머리끈이 바닥으로 떨어지면서 기름진 머리카락이 앞으로 흘러내린다. 입술이 까슬까슬하고, 옷은 얼룩졌지만 상관하지 않고 현관문을 벌컥 연다.

"말, 하지 마."

목이 잠겨 말이 제멋대로 끊긴다.

"아무것도 말하지 마."

그래도 꾸역꾸역 말한다. 부풀어 있던 근육이 다 빠져 마르코는 비쩍 말라 보인다. 하지만 마르코는 예전과 다르지 않은 단단한 목소리로 가야 한다고 말한다. 약간 초조해 보이기도 한다.

"안 가. 나는 잘 거야. 그리고 앞으로 내가 알아서 나올 때까지 우리집에 찾아오지 말아줘."

잘 지냈느냐고 먼저 물었어야 했던 걸까. 현관문을 닫으며 뒤늦게 후회한다. 마르코가 그런 걸로 상처받을 아이는 아니지만.

닫히는 문 틈으로 마르코가 말한다. 문이 닫히는 걸 막지도 않으며, 내가 다시 열게 될 거라는 걸 안다는 듯이.

"유오의 클론이 오늘 폐기된대."

*

클론을 만들 수 있는 걸 특별한 기회라도 얻은 것처럼 받아들이는 그 애가 못마땅했다. 그건 특혜라기보다 신체 보험 같은 것이었고, 작업 도중 불의의 사고로 인한 신체 훼손, 절단, 괴사 등을 인지하고 동의했다는 뜻이며 신체를 이식할 수 있는 클론이 있으니 사고에 대한 별다른 소송이나 피해 보상을 요구하지 않겠다는 뜻이기도 했다. 단순히 말하자면 또 다른 몸이 필요할 정도로 위험한 일이라는 뜻이었다.

두 명인 것보다 온전한 한 명이 낫지 않아?

나는 따져 묻는다. 누구나 다치고, 누구나 불의의 사고를 당하지만, 대부분이 그런 불행으로부터 해방되어 있으며 적지 않은 확률로 어떤 이들은 평생을 탈없이 보내다 눈을 감는다. 그런 사람들은 대개 불쑥 찾아오는 불안이 뭔지를 모르지. 언제나 나를 짓누르고 있는 불행의 무게를 모르지. 그 애가 나에게 그 덩어리를 선물해주기 전까지 나도 몰랐으니까. 안겨준 덩어리를 떨떠름하게 들고 있다가 나는 던져버리고 도망치고 싶었다. 돌이켜 생각하면 그랬던 것 같기도 하다. 하지만 그때마다 덩어리는 집요하게 나를 쫓아왔고 어느 순간에는 너무 당당히 자리를 차지하고 있어 치울 수가 없었다. 그 애는 그렇게 나에게 불안을 선물했다. 나는 사랑을 줬는데.

그 애가 건설업에 관심을 두게 된 건 페이 할머니 때문일 것이다. 페이 할머니는 사십칠 년을 건설 회사에서 일한 사람으로, 가장 막강한 힘과 권력을 가지고 있다는 1팀 책임 매니저였다. 용기와 미래의 상징. 빛나는 완장과 위원회가 수여한 훈장이 벽 한 면에 가득 걸려 있었으니 페이 할머니가 들려주는 이야기는 영웅담처럼 들렸다. 영웅은 언제나 숭배받지만 그렇다고 모두가 페이 할머니처럼 되겠다고 뛰어들지는 않았다. 이야기가 끝나면 자리에서 일어나 엉덩이를 털며 이야기도 같이 털었다. 나도 그랬고, 의주도 그랬고, 톨가도 그랬고, 치유키도 그랬고, 마르코도 그랬는데 그 애만 달랐다. 그 애만 심장이 뛰었던 거다. 영웅과의 만남을 추억으로 두지 않고 그 길을 직접 걸어보고 싶었던 거지.

페이 할머니가 해주었던 이야기 중 일만 년 넘게 산 바오바브나무의 이야기가 그 애의 심장을 내리쳤으리라 확신한다. 바오바브나무의 뿌리가 아주 깊은 곳까지 내려와 그 뿌리를 잘라야 했던 1팀의 고난을 들으며 그 애의 얼굴을 바라봤던 기억이 난다. 그 애는 집중할 때 귀 끝을 쫑긋쫑긋 움직이는 버릇이 있는데, 페이 할머니의 말을 듣는 동안 쉼 없이 움직이던 두 귀. 만지고 싶다는 충동을 참느라 간지러웠던 손바닥의 감각이 여전히 생생하다.

그 이야기 속 건설 현장은 지상으로부터 이 킬로미터는 파고 들어와야 하는 깊숙한 땅속이었다. 아무리 큰 나무라 하더라도 그곳까지 뿌리를 내리지 못할 거라는 걸, 나보다 그 애가 더 잘 알고 있을 터였다. 하지만 그 애는 믿으려고 작정한 사람처럼 다음날부터 도서관에서 종일 바오바브나무에 관한 자료만 들춰 보았다.

나는 그 애가 나와 함께 통신국에 가기를 원했다. 나는 일찍이 통신국에 지원서를 넣은 상태였고, 큰 결격사유가 없다면 합격할 터였다. 학교에서 성적이 가장 우수했던 치유키에게는 의사나 연구원이 될 수 있는 두 가지 선택지뿐이었고, 치유키는 작은 세포를 지지고 볶는 것보다 커다란 사람을 지지고 볶는 게 덜 피곤하지 않겠느냐며 의사를 선택했다. 의주는 기계실의 정비공으로, 톨가는 동쪽 가장 끝에 있는 커다란 씨앗 저장고의 지킴이로, 마르코는 생명공학 연구소인 빅터의 경비원으로 일할 수 있는 용역업체에 지원했다. 아이들이 순조롭게 진로를 결정하는 동안 그 애는 도서관에서 지상 식물 책만 들여다보며 선택을 계속 미뤘는데 나는 그 이유를 알았다.

그 애는 지상 탐사대에 들어가고 싶어했다. 하지만 지상 탐사대는 좀처럼 자리가 나지 않는데다, 선발 조건이 까다로웠다. 그 애가 담당 교사에게 지상 탐사원이 되고 싶다고 말했을 때, 교사는 난감한 표정으로 어색하게 웃었다. 위험하다는 말로 위로하려던 교사의 방식은 역시 틀렸다. 자격이 되지 않는다고 정확하게 말해주고, 지상의 식물은 책에 나와 있는 것과 다르다는 걸 알려줬어야 했는데. 과거는 우주와 같아서 우리는 걸어 그곳에 갈 수 없고, 네가 꿈꾸는 아름다움은 만질 수 없는 별과 같아서 실체를 마주하기 위해 걸음을 내딛는 순간 실망만 가득할 거라는 걸.

하지만 이런 생각을 하다보면 나무의 뿌리에라도 가닿으려던 그 애의 마음을 무엇으로 꺾을 수 있었을까 싶다.

어떤 것도 안 됐을 거야. 지상이 황무지라고 하더라도 어쩌다 남은 들꽃 한 송이에 그 애는 모든 걸 가진 듯 행복해했겠지. 세계를 지배한 절망보다 나약하게 핀 희망을 사랑했을 테니까. 귀를 쫑긋쫑긋 움직이면서.

대신 그 애는 건설 회사에 입사해 땅을 팠다. 그곳에서 하는 일이라고는 금속 탐지기와 유독 가스 감지기를 몸에 주렁주렁 매달고 굴착할 수 있는 부위를 찾은 뒤 지반을 뚫는 것뿐이었다. 백이십층에 면적 사억오천만 헥타르의 지하 도시로도 인류의 영원을 보장할 수 없어서. 지상에서는 바다에서 불어오는 바람만으로도 건물이 부식된다고 했다. 그래서 바닷가 근처에서 해풍을 맞으며 산 건물은 빨리 삭는단다. 땅 밑도 마찬가지다. 온갖 미생물이 아주 빠르게 건물의 단단한 외벽을 분해한다. 더욱이 지상의 변화에 따라 토질도 변한다. 그래서 끊임없이 보수를 해줘야 하고, 더 단단한 곳으로 계속해서 공간을 만들어 뻗어나가야 한다. 신대륙을 개척하는 마음이라기에는 모험보다 피난에 가깝고, 외행성을 탐사하는 마음이라기에는 도전할 수 있는 선택지가 너무 적어 안쓰럽지만.

잘못 박은 철심에 단단했던 지반이 무너져 내리기도 했고, 지하수가 흘러와 홍수가 난 적도 있었다. 설치해둔 전선에서 난데없이 스파크가 튀어 폭발이 일어나기도 했다. 삶을 확장한다는 건 그런 일이었다. 사랑하는 사람을 안전한 곳에 머물게 하겠다는 건 예측 불허의 위험이 가득한 어둠을 헤집는 일인 것이다. 하루에도 수차례 사고가 발생했다. 비록 사고는 숫자로 집계되지만, 그 숫자에도 이름과 얼굴이 있고 웃음과 내일이 있었다는 걸 사람들은 자주 잊지만 말이다.

그런 사람이었던 나는 어느새 그 숫자를 눈여겨보는 사람이 되었지. 나의 의지와 상관없이. 그제야 알았던 것뿐이다. 층별 광장마다 있는 건설 사고 카운트 전광판은 만들어진 이래로 단 한 번도 '0'이었던 적 없단 사실을. 나는 언제나 그 애가 전광판에 뜬 '1'이 될까봐 무서워하면서도 그 상상을 끊임없이 했다. 누가 시킨 것도 아닌데 마치 그래야 하는 것처럼,

그래야만 나중에 덜 슬플 것 같아서. 참 안쓰럽지 않니? 누구보다 네가 죽지 않길 바라는 사람이 매일매일 너의 죽음을 상상했다는 게. 그리고 참 야박하지 않니? 네가 그걸 기어코 실현시킨 게.

통신국 8팀에서 일을 시작한 나는, 지하 도시의 모든 통신기록을 관리했다. 다시 말하자면 도청하고, 감시하고, 의심하는 일이었다. 건물에 내장된 수만 개의 선로 중 일부가 내 담당이었고, 나는 앉은자리에서 지정된 통신망 중 몇 개씩 골라 통화나 문자를 듣고 보았다. 사람들은 그걸 알면서도 언제나 거리낌없이 평온하고, 분란하고, 낯간지럽고, 거북하고, 고약한 대화를 나누었다. 이틀 걸러 한 번씩은 누군가의 생일이 있었고, 나흘 걸러 한 번씩은 연인이 싸웠으며, 열흘에 한 번씩은 누군가가 사과를 전했다. 평범한 감정 속에서 미묘한 기류를 포착하는 건, 그러니까 반란이나 탈출의 씨앗을 발견하는 건 내 일이 아니었으므로 나는 대개 사람들의 하루를 라디오 듣듯이 이어폰으로 들었고, 다른 이어폰으로는 건설 회사의 무전을 훔쳐 들었다.

그 애는 언제나 자신의 일정을 나에게 흘리듯 알려주었고(언제 쉬고, 언제 일이 일찍 끝나니 만나서 놀자는 약속을 잡기 위해서였다), 나는 그것을 기억하고 있다가 그 애가 일하는 시간에 맞쳐 무전을 듣는 식이었다. 'T7-033구역 지반이 흔들립니다' 'T9-176번 암벽에 가로막혔습니다' '여기서 가스 냄새가 좀 나는데요……' 따위의 말들이 들려올 때마다 나는 뻣뻣하게 굳은 목과 허리로 평온한 척 일을 했다. 이 년 넘게 그 무전을 들으며 내가 알게 된 것은 하나다. 사고를 당해 죽은 노동자 중, 누구도 제 죽음을 예측하지 못했다는 것. 모두 얼른 끝내고 돌아가서 쉬고 싶다는 마음을 품고 있었을 뿐이니까.

그래서 누구도 남은 이들에게 한 줄의 말조차 내뱉지 못했다. 마치 너처럼 말이다.

더 촘촘하게 그물을 엮는 방법도 있겠지만 다들 이 정도로도 충분하다고 착각해. 어떤 이는 그 좁은 그물코를 통과할 정도로 작다는 걸, 가끔 그물이 찢어질 수 있다는 걸, 알면서도 그건 어쩔 수 없는 것이었다고들 말하지.

사고를 예방할 수 없었으므로 건설 회사와 위원회는 사후事後 대책에 힘을 썼다. 클론이 그 대안이었다. 사고시 신체 이식을 할 수 있게 하겠다는 정책이었다. 그럴듯하고 괜찮아 보였다. 다리가 잘려도 붙일 수 있는 다리가 있다니. 일하다 폐가 굳어도 바꿀 수 있는 폐가 있다니. 손가락이 잘리는 것쯤은 문제도 아니게 되었지. 하지만 손가락을 도로 붙인다고 해도 손가락이 잘렸다는 사실은 없어지지 않는다. 손가락이 잘린다. 손가락을 붙인다. 이 두 사건은 서로 합치合致할 수 없고, 대체될 수 없고, 덮을 수 없다는 걸 정말 아무도 모르는 걸까? 무엇보다 클론이 죽음 앞에서는 무용하다는 걸 모르는 걸까? 클론 제작 동의서에 그렇게 쓰여 있다. 나는 그걸 봤는데, 그 애는 당연하다는 듯이 서명을 했다. 그 글자는 아주 조그맣게 쓰여 있어서 나에게만 보였던 걸까?

나는 사후 대책을 비웃었다. 그걸 괜찮은 지원이라고 동의하는 사람도 마찬가지였다. 사전 점검을 더 철저하게 하고, 사고의 가능성이 제로가 되었을 때 사람을 투입하면 그만인 일인 것을. 성급하게 성과를 내려고 사람을 가는 거야. 믹서에 넣어 갈듯이, 사람도 재료로 같이 갈아버리는 거라고. 너의 안전을 미리 신경써주는 것보다 클론을 만들고 유지하는 비용이 이제 더 쉽고 싸서 그런 것뿐이라고. 그렇게 화를 냈지만 정작 나는 그보다 더 큰 행동은 취하지 않았다. 매일같이 무전을 들으며 불안해했으면서도 나는 내심, 그게 너는 아닐 거라고 믿었던 거다. 철석같이.

*

마르코의 팔을 잡아 집으로 끌어들인 뒤 문을 닫고 월패드의 전원을 끈다. 심장이 세차게 뛰는데, 너무 갑작스럽게 몸에 힘을 주어서라고 생각하려고 애쓴다. 그게 아니라면 내가 무언가를 기대하는 것 같아서. 나에게는 실망할 여력이 없다. 마르코의 팔을 붙잡고 나는 도통 그것이 오늘밤에 없어진다고 말해야 할지, 죽는다고 말해야 할지, 버려진다고 말해야 할지 갈피를 잡지 못한다. 어쩐지 표현을 조심해야 할 것만 같은 기분이 들어. 단어 하나가 나를 전부 망칠지도 모른다는 두려움이 든다.

마르코가 더 기다리지 않고 입을 연다.

"폐기되게…… 두고…… 않아, 데리고…… 가려고."

"잠시만."

황급히 마르코의 말을 자르고, 내가 들은 문장을 재조합한다. 몸의 기능이 엉망이 됐다. 마르코의 말이 툭툭 끊겨 들려 도저히 이해되지 않는다.

"천천히 다시 말해줘."

팔을 붙잡고 있던 내 손을 마르코가 떼어놓고, 그 위로 감싸 잡는다. 마르코의 부드러운 손바닥이 까끌까끌한 손등에 느껴진다.

"훔칠 거야. 유오의 클론."

나는 몸에 힘을 주고 묻는다.

"어디로부터?"

"빅터로부터."

"왜?"

반사적인 물음. 정말 하고 싶었던 말은 아마도 그게 아닐 텐데.

"보여주고 싶어서. 유오가 가고 싶어했잖아. 일층의 돔."

"하지만 그건 유오가 아닌데."

"아니더라도."

"유오의 기억을 가지고 있나? 유오처럼, 말을 하고 웃던가?"

"아니. 그건 숨쉬는 껍데기야."

조금 혼란스러워서, 숨이 거칠어진다. 산소가 부족한 건지 어지럼증까지 느꼈지만 비틀거리지 않기 위해 버틴다. 마르코가 나를 걱정하느라 대화의 방향이 틀어지는 걸 원치 않는다.

"그럼 그게 다 무슨 소용이지?"

유오처럼 말을 하지도 않고, 유오의 기억을 가지고 있지도 않다면(다시 말하자면 나를 기억하지 못한다면) 그걸 유오라고 할 수 있나?

마르코가 입을 연다.

"그냥 우리의 미련인 거지."

반박할 말이 떠오르지 않는다.

*

이끼가 처음 등장하고 그로부터 일억 년 후, 관다발식물이 등장해 지표면에 붙어 퍼지는 이끼와 다르게 하늘로 솟아오르며 광합성을 시작했다. 고생대 데본기에 들어선 뒤에야 흩어져 있던 식물들이 군집을 이룬 숲이 등장했다. 고생대 초창기에는 커다란 고사리류가 이끼와 함께 지구를 뒤덮었다가, 고사리류는 버티지 못하고 멸종한다. 그리고 그 자리를 침엽수 수목들이 대신하고 꽃은 더 나중에야 등장한다. 식물의 생태는 침묵 속에서 그 어떤 생태보다 소란스럽게 격변했다. 인간이 발견하지 못한 숱한 개체가 탄생과 멸종을 반복했고, 식물의 사체에서 또 다른 개체가 근본 없이 생겨나는 동안 이끼는 가장 낮은 곳에, 다른 식물이 자랄 수 없는 축축한 틈 곳곳에 머물고 있다. 멸종되지 않고.

'신기하지 않아?'

별생각 없이 그 애의 말을 듣던 나는 갑작스러운 질문에 줏대 없이 고개를 끄덕였다. 어떤 부분이 신기하냐고 물을까봐 조금 걱정했던 것도 같다. 그 애가 한창 이끼에 빠져 있을 당시, 나는 다른 팀원 한 명의 몫까지 일하느라 눈코 뜰 새 없이 바쁜 날을 보내고 있었다.

전날까지만 해도 웃으며 일했던 팀원이 그날 밤에 자신의 집에서 스스로 목숨을 끊었다. 시체는 열흘 뒤에야 부패한 냄새로 인해 발견되었다. 그 팀원은 나보다 두 살이 많았는데, 언제나 웃는 얼굴로 삶의 무료함을 이기는 여러 방법을 우리에게 제시해주었다. 일단, 새벽 일찍 일어나 산책로를 가볍게 조깅하며 몸을 깨운다. 주말에는 꼭 태닝숍에서 인공 태양을 한 시간 이상씩 쬐며, 출근길에는 비싸더라도 몸에 좋은 채소 주스를 사 마셔야 한다는 것이다. 이건 가장 기본적인, 무조건 실행해야 할 일상의 습관이고 여기에 덧붙여 자랑할 만한 취미를 가지는 걸 강조했다. 실제로 그 팀원은 그런 취미 몇 개를 보유한 사람이었는데, 우리는 그가 죽고 나서야 그것들이 자신을 살리기 위한 발악이었다는 걸 깨달았다. 팀원들 모두가 안타까워했지만 그를 애도할 시간은 그가 남긴 업무로 채워졌고 우리는 빈자리에 새 주인이 들어올 때까지 힐끔힐끔 서로를 쳐다만 보다가 어느 순간 애도를 끝냈다.

어쨌거나 나는 그즈음 그런 일들로 마음과 정신이 혼란스러운 상태였기에, 그 애가 이유를 묻는다면 덜컥 짜증을 낼 것 같았다. 그런 거 생각해보며 살아본 적 없다고 내뱉으면서,

식물이나 들여다보며 천진한 소리 좀 그만하라고 무시할지도 몰랐다. 하지만 다행히 그 애는 나에게 이유를 묻지 않았다. 본인의 생각을 얼른 말하고 싶어 옴지락거리는 그 애의 입술을 조금 더 빨리 알아차렸다면 그런 걱정 따윈 하지 않을 수 있었는데.

'진화나 생태계 법칙으로 보면, 땅에 붙어 자라는 이끼는 높게 자란 다른 식물들에 비해 햇빛도 제대로 받지 못하고 동물들의 먹이가 될 가능성이 더 커. 심지어 수분도 많이 필요로 해. 바오바브나무는 몸에 물을 저장해두었다가 쓰는데, 이끼는 그런 것도 아니잖아. 그럼 더 빠르게 멸종되어야 했는데 이끼는 터를 잡은 이후, 단 한 번도 물러난 적 없어. 환경에 적응해 어떤 개체보다 끈질기게 살아남았다는 게, 신기하지 않아?'

바위틈과 동굴, 녹이 슨 다리, 물이 고여 썩은 저수지, 관리되지 않은 더러운 수조 같은 곳에서는 어떤 식물도 살고 싶지 않을 테니까. 그곳에 핀 식물을 먹고 싶어하지 않는 것도 생명의 본능이 아닐까? 먹으면 배탈이 날 수도 있는걸. 향긋한 꽃과 싱그러운 잎사귀가 더 맛있을 거다. 달콤한 꿀은 말할 것도 없고. 물비린내가 진동하는 이끼를 먹고 싶어할 생명체는 이 행성에 별로 없을 것이다. 이끼의 생존은 신비로운 강인함이라기보다 생태의 흐름에 정면으로 대결하지 않고 치사하게 빌붙어 사는 느낌이 든다. 마치 나처럼. 그래서 오래 살아남은 것을 신기한 기적처럼 표현하는 그 애가, 나는 더 놀라웠다.

'나는 돔에 갈 수 있으면 이끼를 제일 먼저 만져보고 싶어.'

신발로 땅을 톡톡 두드리며 지켜줬던 조형 꽃 말고 돔 속의 진짜 식물을 만지는 그 애를 떠올리면, 인공적으로 뿌린 축축한 풀 냄새가 아니라 잎사귀가 내뿜는 습한 안개 속에 둘러싸여 있는 그 애를 떠올리면 사랑스러움과 동시에 알 수 없는 불안이 솟고는 했다. 먼 곳을 내다보는 눈은 언제나 사람을 불안하게 만들지. 내가 가장 좋아했던 그 애의 크고 짙은 눈동자는, 그런 의미로 나를 가장 괴롭게 하는 부분이기도 했다. 그래서 나는 그 애가 돔에 가는 걸 원치 않았는데, 그토록 소망하던 무언가에 조금이라도 닿으면 그다음 걸음을 내디디고 싶어할 것 같았고, 반드시 해내고야 말 것 같았다.

돔은 지상과 맞닿은 B1층, 1구역에 있는 커다란 온실이다. 인간들이 땅 밑으로 내려오기 전부터 가지고 있던 온실로, 지상에서 쫓겨나 굴을 팔 때 가장 먼저 옮겨놓은 것이라 들었다. 지하 도시 전력의 절반이 온실에 쓰이는데, 다섯 구역으로 나뉜 온실은 각기 '지중해' '아마존' '알래스카' '보르네오'

'콩고'의 숲을 그대로 보존했다고 들었다. 온실도 정신재활원만큼이나 소문이 무성한 곳인데, 정말로 가본 사람이 없다는 점에서 소문의 크기가 더 방대했다. 지상의 숲을 고스란히 옮겼다는데, 그런 게 가능했으면 왜 인간이 땅으로 들어왔겠어? 빠르게 불어나는 바다를, 모든 게 메말라 갈라지는 대륙을, 숨조차 쉴 수 없는 공기를 먼저 해결하지 않았을까.

나는 그것을 거짓이라 믿는다.

'이끼는 우주에서도 살 수 있대.'

지상으로도 나가지 못하는 주제에 우주까지 넘본다. 웃기지도 않지, 정말.

*

온실이 있는지 아무도 확인하지 못했는걸. 무엇보다 온실로 가기 위해서는 B2층을 통과해야 하는데, 그곳은 나 같은, 우리 같은 보통의 시민은 갈 수 없다. 위원회의 지문이 있어야만 문이 열린다. 그걸 마르코가 모르지 않을 텐데. 내가 뜸을 들이는 사이, 누군가가 초인종을 누른다. 그리고 성급하게 곧장 문을 두드린다. 문이 흔들릴 정도로 세게 내리치며 정신재활원에서 나왔다고 외친다. 일도 나가지 않고 방에만 틀어박혀 있었으니 당연한 결과다. 지하 도시의 인간은 다음 세대, 그러니까 다시 지상으로 올라갈 세대들을 위해 인류 문명을 지속시키는 중간 다리이자 충실한 일꾼에 불과했으므로 나태함은 허락되지 않는다.

마르코가 다급해진 몸짓으로 방안을 둘러본다. 그러는 동안에도 문은 거세게 흔들리고, 바깥에서는 내 이름이 쩌렁쩌렁 울리고 있다. 나는 그제야 마르코에게 낮인지 밤인지 묻는다.

"밤이야."

오늘이 그날로부터 며칠째 밤인지도 묻고 싶지만 곧장 등을 돌려 비밀의 문을 찾듯이 벽을 더듬는 마르코의 행동에 그만 입을 다문다. 며칠째 밤일까. 잠들었던 순간을 모두 밤으로 친다면 벌써 보름은 지났어야 했는데, 그게 아니라 고작 며칠 정도밖에 지나지 않았을까 두렵다. 내게 중요한 것은 저들에게서 벗어나는 게 아니다.

"그게 밖으로 나와도 돼? 그래도, 별문제가 없어?"

내가 부름을 무시하고 있거나, 그것도 아니면 도주했다고 생각하는지 바깥에서 부르던 목소리가 잠시 멈춘다. 좋지 않은 징조인 건 나도 안다. 직접 문을 열고 나갈 기회를 놓치면 다가올 상황은 딱 하나일 테니까. 그렇지만 나는 여전히 마르코에게 유오의 클론을 묻고, 마르코는 벽을 짚던 손으로 방바닥을 훑기 시작한다.

"그러니까 그 통을 나와서도 살 수가 있느냐는 거야."

나는 아랑곳하지 않고 말을 잇고, 마르코는 화장실로 들어가버린다. 답답해져 소리치려는 순간, 화장실 안에서 마르코의 탄성이 들린다.

마르코가 찾은 건 환풍구다. 변기를 밟고 올라가면 충분히 저 안으로 들어갈 수 있겠지만 중요한 건 저 환풍구가 어디로 이어지는지 모른다는 것이고, 더 중요한 건 나는 이곳을 벗어날 의지가 없다는 사실이다. 마르코가 손을 내민다. 밖에서는 문을 억지로 열려는 참인지, 무언가 뜯기는 소리가 나고 나는 마르코의 손을 보고만 있다.

"치유키도, 의주도, 톨가도 기다리고 있어."

마르코가 답답한 듯 입을 연다. 그러고서야 내게 필요한 답이 있다는 걸 깨달았는지 곧장 말을 덧붙인다.

"자가 호흡은 힘들지만 호흡기를 달면 밖으로 나올 수 있어."

"살아 있는 거야?"

"살아 있다고는 할 수 있지. 문제없어, 소마. 설령 밖에 나와서 죽는다고 하더라도 통에 있어도 마찬가지야. 말했잖아. 유오의 클론은, 폐기돼. 한 시간 후에. 제발."

마르코가 손을 더 뻗는다.

"너희가 잊은 게 있어. 잡히면 전부 정신재활원에 가게 될 거야. 무모한 짓 하지 마."

무모하고 위험한 건 싫다. 따분할 만큼 평온한 일상을 원해. 하지만 그러기 위해선 어떤 것도 사랑해서는 안 된다는 걸, 그게 평화의 기본 조건이라는 걸 그 애를 좋아하고 나서야 알았다. 그래서 이제 다시 따분한 일상으로 돌아갈 줄 알았지. 먹먹한 슬픔을 덮고 있더라도, 언젠가는 이불처럼 잘 포개어 옷장에 넣어둘 수 있을 줄 알았어. 가끔씩 꺼내 덮었다가 언제든 접어 넣을 수 있게. 비록 지금은 그 무게에 눌려 일어나지 못하더라도.

마르코가 웃는다.

"당연히 알아."

하지만 그렇게 되지 않을 거라는 걸, 마르코를 보며 깨닫는다.

"그리고 잊은 건 우리가 아니고 너야. 우린 같이 나가기로 약속했어. 여섯이서 이곳을 탈출하자고 피의 맹세를 했다고. 이곳에서 늙어 죽지 말고 화끈하게 같이 나가자고. 너 설마 그걸 잊은 거야?"

그럴 리가.

마르코를 따라가려다 묻는다.

"배관 통로를 통해 가면 들키지 않아?"

"아니, 괜찮아. 거기에는 센서가 없어. 그러니까 이 도시의 입력되지 않은 공간이란 뜻이야. 여기로 가면 들키지 않아."

마르코의 손을 잡는다. 환풍구를 지나 배관 통로를 통과하며 벽에 쓰인 어떤 글자들을 본다. 누군가 남겨놓은 것 같은데 무슨 뜻인지 알 수가 없다. 그저 느낌으로, 이곳으로 오라는 것만 같다. 잘 오고 있다고. 여기로 오라고.

월패드가 초기화되며 문이 열리면, 그들은 텅 빈 방을 보게 될 거야. 허무하다고 느낄까? 어리둥절할 수도 있지. 사람이 땅으로 꺼졌다고 여길 수도 있겠지만, 되도록 하늘로 솟았다고 여기길 바라본다.

*

어느 날 그 애는 식물이 들려주는 행성 여행기를 듣고 싶다고 말했다.

그들이 보고 느끼는 이 행성은 우리가 살아가고 있는 행성과 전혀 다를 것이라고. 지구 대기를 통과한 태양의 광자가 밤의 유성 쇼처럼 보일 수도, 바람의 소리가 교향곡처럼 들릴 수도, 소리의 파동이 해일처럼 밀려올 수도 있을 테니까. 그리고 어떤 나무의 하루는 아침이 겨울이었다가, 동이 틀 무렵 봄이었다가, 한낮에 여름을 지나고 해 질 녘 겨울에 닿을 수도 있었다. 또 이 행성이 아주 작게 느껴질 수도 있으리라. 뿌리 박혀 있다고 생각하지만, 사실 식물은 누구보다도 자유롭게 이 행성을 돌고 있으니까.

'식물은 뿌리를 박은 상태에서 가장 멀리 갈 수 있는 개체일 거야. 씨앗과 꽃가루를 동물과 바람이 옮겨주잖아. 지구 반대편까지도. 이보다 아름다운 협력은 없을 거야.'

동물에게 식물의 열매는 먹이일 뿐이다. 협력보다 약육강식이 더 어울리는 표현이다.

'그럼 나는 식물이 더 강하다고 생각해.'

어째서?

'치열하게 진화했잖아. 멧돼지와 까치 중 어느 쪽을 이용해 씨앗을 퍼뜨리는 게 유리해 보여? 식물의 입장에서는 새였어. 새는 몸이 가벼워야 날 수 있어서 배에 음식을 담아두는 시간도 짧고, 날갯짓 한 번으로도 날개에 붙은 씨앗을 여러 곳에 퍼뜨릴 수 있으니까. 그래서 새를 유인하기 위해 갖은 방법을 쓴 거야. 자신의 열매 중 어떤 부분이 먹히고 어떤 부분은 버려져야 하는지 알고 있는 것도 그래. 종자를 퍼뜨리는 씨앗은 더 단단하고 작아져서 소화되지 않고 배출되게 만들고, 어떤 건 떫은맛을 내서 뱉게 만들어. 동물들은 인식하지도 못하는 사이 식물의 번식을 돕는 거야. 이용당하는 거지. 그래도 너는 여전히 식물이 약한 거라 생각해? 식물의 씨앗은 진정한 승자야. 치열하게 환경과 싸워서 나온 결과물이니까.'

조용하게 뻗어나가는 나무의 뿌리를 떠올린다. 인간 몇십 명이 붙어 뚫는 땅을 오로지 자신의 힘만으로 가르는 뿌리는 지구의 진정한 지배자답다.

'그런 식물의 강인함마저 짓밟고 지구를 황무지로 만든 인간은 말이야……'

그 애는 머뭇거리다 끝내 입을 다물었고, 나는 갈 곳 잃은 그 애의 눈을 지켜보며 삼켜진 말을 추측하다 그만두었다. 치열하게 싸울 권리를 잃고 태어난 우리는 식물의 열매나 꽃처럼 황홀하지도, 아름답지도 않을 테니까.

*

치유키가 나를 끌어안는다. 좁은 통로를 기어오느라 내 몸에 묻은 먼지와 진득하게 난 땀은 문제없다는 듯 빈틈도 없이 끌어안은 탓에 도리어 놀란 것은 나다. 치유키에게 퀴퀴한 냄새를 옮길까 떨어지려 했지만 몸에 힘이 없어 이내 포기한다. 남들보다 체온이 낮은 치유키의 살이 차갑게 닿는다. 샤워하는 것처럼 몽롱했던 정신이 깨는 기분이다.

마르코는 이따금 환풍구 밖으로 머리를 내밀어 복도에 새겨진 번호로 위치를 확인하며 치유키의 집을 어렵지 않게 찾았다. 도시의 구조를 꿰뚫고 있는 건 마르코가 경비원이기 때문이다. 몇 해 전, 톨가가 몰래 키우던 고양이 로시가 사라졌을 때도 마르코는 고양이가 갈 만한 장소, 따뜻하고 아늑한 구역들을 뽑아 차분하게 도시를 헤집고 다녔고 로시는 마르코의 예측대로 펌프실에 있었다. 그중에서도 따뜻한 증류기 위에.

"그러다 부러진다, 쟤."

소파에 비스듬히 앉아 땅콩 통을 이리저리 굴리고 있던 의주가 한마디 툭 내뱉는다. 의주가 손을 움직일 때마다 안에 들어 있는 땅콩 몇 개가 도르륵, 요란하게 구른다. 그러다 테이블 위에 소리 나게 내려두고 자리에서 일어나 다가온다. 뒷주머니에 넣어두어 반이 뭉개진 단백질 바를 손에 쥐여준다. 치유키에게 안긴 채 손에 들린 단백질 바를 본다. 불현듯 배가 고프다.

목이 마르고 기운도 없다. 땀이 식으며 약간 춥기도 하다.

잊고 있던 감각들이 돌아온다. 살아 있다. 내가 아직 살아 있구나. 슬픔이 짓누르고 있던 욕망들이 아우성친다. 몸이 살려 달라고 외치고 있다. 배에서 요란한 소리가 나자, 치유키가 밥을 주겠다며 안고 있던 팔을 푼다. 하지만 이번에는 내가 치유키를 감싸 안는다. 체온이 조금 더 필요하다. 내 몸은 아직 그 애를 안았을 때의 온도를 잊지 못했다. 그 애가 여전히 내게 안긴 채 내 체온을 앗아가고 있다.

몸의 감각은 기억을 함께 깨운다. 침대에 누워 지내는 동안 애써 억누르려 했던 그날의 기억이 조금씩 기억의 수면 위로 떠오른다.

그날도 나는 건설 현장의 무전을 다른 이어폰으로 훔쳐 듣고 있었다. 자잘한 말썽, 자잘한 농담, 자잘한 흥얼거림을 듣던 내 귀에 펑, 하고 굉음이 들렸고 나는 귀가 아파 이어폰을 집어던졌다. 잠깐 귀가 먹먹해지며 이명이 들렸다. 아픈 귀를 붙잡고 있으니 옆에 있던 팀원이 나를 힐끔힐끔 쳐다봤다. 나는 허리를 숙이고 귀를 만지면서 괜찮다고 웃어 보였는데, 그 순간까지도 내가 들은 소리를 이어폰의 고장쯤으로 여겼다. 그런 소리가 현장에서 날 리가 없으니까. 나서는 안 되니까. 그런데 차츰 나아지는 귀를 계속 문지르다, 어느 순간 이상함을 느꼈다. 대체 어떻게 고장나야 이어폰에서 그런 소리가 들릴까? 그런 의문을 계속 던지면서 답은 굳이 찾지 않았다. 금방 탄로 날 답을 알고 싶지 않았으니까. 그리고 한순간에 소란스러워진 사무실. 모두가 갑자기 다급하게 키보드를 두드리며 이리저리 채널을 바꾸었다. 끼고 있던 반대쪽 이어폰에서도 '무슨 일이야?' '사고?' 따위의 대화가 들려왔고, 나는 그 모든 것들을 멍하니 지켜보다가 의주에게서 전화가 왔을 때에야 정신을 차렸다. 받고 싶지 않아서 한참을 망설였더니 화면이 어두워졌고, 끊긴 전화를 보자 어쩐지 이 모든 게 별일 아닌 것처럼 느껴졌다. 하지만 곧장 다시 울리는 전화를 보고 직감해버리고 말았다. 나는 처절해지겠구나.

나는 전화를 받으며 의주가 내게 할 말들 몇 가지를 떠올렸다. 사고가 난 지점이 기계실 근처라 기계실이 엉망이 됐다는 말일지도 모르니까. 혹 유오가 다쳤다는 소식이더라도 괜찮아, 걔는 엄살이 심해서 그렇지 별거 아닐 거라고 의주를 달래주려고.

하지만 의주의 말을 들으며 나는 한마디도 하지 못했다.

유오가 깔렸대, 구조중이고.

아직도, 왜 그렇게까지 최악이었어야 했을까 생각한다.

자료 열람실 구석에 웅크려 앉아 이미 읽었던 부분을 몇 차례씩 반복해 읽던 그 애는 그날 밤 첫 악몽을, 악몽이라 표현하는 정신 질환을 처음 겪었다. 한밤중에 전화를 걸어와 떨리는 목소리로 숨이 안 쉬어진다고 도움을 구했다. 그 애의 집으로 달려가는 길에 치유키에게 전화해 와달라고 부탁했다. 그즈음 그 애는 건설 일을 막 시작했는데, 방독 마스크를 쓰고 일하다 가끔 과호흡 증상이 나타난다고 말했던 기억이 떠올랐다.

그 애는 침대에 앉아 무릎을 끌어안은 채 땀을 잔뜩 흘리고 있었다. 아주 오랫동안 달린 사람 같았다. 그 애의 상태를 확인한 치유키는 걱정하지 않아도 된다고 했다. 새로 시작한 일이 낯설어 스트레스를 받은 모양이라고 덧붙이며 숨을 천천히 쉬어보라고 조언했다. 하지만 그 애의 악몽은 그 뒤로도 반복되었다. 그 애는 한결같이 땀으로 범벅이 된 채 가쁜 숨을 쉬며 눈을 떴다.

꿈에서 그 애는 숲을 달린다고 했다. 아무런 향도, 촉감도 없는 숲이다. 걸음을 내디뎌도 바스락거리는 풀들을 느낄 수 없고 바람이 불어도 잎사귀들이 떨리지 않는. 그러다 나무한 그루가 검게 타들어가며 죽으면 전염병이 퍼지듯 주변 나무들도 한 그루씩 몸을 검게 태우며 죽는다. 검은 재가 날린다. 자욱하게, 그 애의 몸에도 검은 재가 달라붙는다. 꿈이지만 그 애는 온몸이 불에 타는 듯한 통증을 느끼며 소리를 지르고, 그 애의 집 한편에서 쪽잠을 자고 있던 나는 그 소리에 화들짝 깨 그 애를 깨웠다. 그 애의 악몽은 그렇게 두 달 동안 반복되었다. 하지만 심신이 쇠약해진 상태에서도 한 번도 일을 빼지 못했는데, 그 애의 동료들 절반 이상이 잦은 두통을 호소하며 병원을 찾았기 때문이다.

그 증상이 일산화탄소 중독 때문이었다는 것은 그 애가 처음 악몽을 앓았던 시점으로부터 이 주 뒤에야 밝혀졌다. 구역에 설치된 일산화탄소 감지기가 고장나 수치를 제대로 표시하지 못한 것이다. 작업 구역은 폐쇄되었다. 그게 끝이었다. 팀원 중 몇몇은 만성적인 두통과 심장 통증을 얻게 되었지만, 그 증상이 작업 구역에서 발생한 일산화탄소를 흡입하여 나타난 것이 맞는지 명확한 인과 관계를 증명할 수 없어 보상 없이 종료되었다.

치유키가 처방해준 약을 가지고 유오의 옆에 열흘을 더 붙어 있었다. 그 애는 두통이나 어지러움, 메스꺼움도 느끼지 않았다. 단지 악몽만 꿀 뿐이었다.

내가 아무래도 악몽도 중독 증상 중 하나 같다고, 정밀 검사를 받아보는 게 좋겠다고 했지만 고집스럽게 병원에 가지 않았다. 내 말이 농담처럼 들리는지, '고농도의 산소도 중독되는 거 알아?' 하고 웃으며 되묻고는 했다. 나는 그럴 때마다 그 애에게 다중 인격자처럼 굴었다. 네 선택에 맡긴다고 했다가, 왜 병원을 가지 않느냐고 화를 냈다. 다 너를 위해서 하는 말인 걸 모르냐고 했다가 나를 위해서라도 가주면 안 되느냐고 보챘다. 처절해 보였을 법도 한데 악몽에 시달리던 그 애에게 내 표정은 보이지 않았던 모양이었다.

어느 밤, 현관문이 닫히는 소리에 눈을 뜨니 그 애가 없었다. 헐레벌떡 그 애를 찾아 집을 나섰다. 복도를 걸어가는 그 애의 뒷모습을 발견하고, 나는 도리어 숨을 죽여 뒤를 밟았다. 나를 보면 그 애가 갑자기 목적지를 바꿀 것만 같았으니까. 그 애가 중앙 승강기를 탈 때 기둥 뒤에 몸을 숨겼다가 도착하는 층수를 확인했다. B8층. 곧장 다른 승강기를 잡아탔다. 그 애는 자료 열람실에 있었다. 지난번과 같은 자리에서, 같은 책을 꺼내 읽고 있었고 나는 그제야 그 애가 악몽을 처음 꾸던 날 저 책을 읽고 있었다는 것을 깨달았다. 무슨 책이었더라. 늘 그렇듯 식물에 관한 책이라 생각했는데. 숲 사진이 들어가 있는 기록물이었는데.

그 애 옆에 웅크려 앉았다. 내가 쫓아온 걸 알고 있다는 듯 덤덤하게 자신의 옆자리를 내어주는 그 애에게 물었다.

무슨 말이 쓰여 있어?

자료 열람실을 관리하는 경비원이 우리를 유심히 지켜보았다.

'탄소를 줄이기 위해 숲을 전부 벌목해 새 나무를 심었어. 오래된 나무는 이산화탄소 흡수율이 낮다고 생각했거든. 나무를 심는 거니까 무조건 좋을 거라 생각한 거야. 종말 직전 이 행성에서 산림이 차지하는 면적이 사십 퍼센트였는데, 삼십팔 퍼센트를 새 나무로 교체했어. 광합성이 잘 일어나는 품종으로. 십삼 년 동안.'

대화를 엿듣던 경비원은 내용이 시시하게 느껴졌던 것인지 곧 걸음을 옮겼고, 나는 경비원이 허리에 차고 있는 봉을 노려보다 그 애에게 시선을 돌렸다. 그러자 나를 보고 있는 그 애와 눈이 마주쳤다. 분명 조금 전까지 책을 보고 있었던 것 같은데.

'그러다 나무 한 그루가 병에 걸렸고, 그 병이 순식간에 산림 전체에 퍼졌어. 나무에 벌레가 들끓고, 썩고, 곪았어. 다 똑같은 품종이라 그 어떤 나무도 피해 갈 수 없었대.'

끔찍한걸…… 그래서 어떻게 했어?

'더 퍼지는 걸 막으려고 불을 질렀대. 그런데 지구는 계속 말라가고 있었잖아. 건조한 바람이 불씨와 병을 함께 퍼뜨린 거야. 전 세계에. 검은 재가 끊임없이 휘몰아쳤대.'

네가 악몽을 꾼 이유구나. 너는 꿈에서 나무였던 거야.

'나무는 병든 게 아니야.'

확신에 찬 표정으로 그 애가 말했다. 그 애가 나무였었기에 할 수 있는 말 같았다.

'나무는 복수하기 위해 자살한 거야, 인간들을 몰아낸 거지. 이 행성에서 자신들이 없으면 안 된다는 걸 알았던 거야. 자신을 찾아오던 새와 다람쥐, 뱀, 그리고 나비와 벌이 더는 오지 않음에 분노를 느낀 거야.'

그 애가 악몽을 꾸지 않을 수만 있다면, 나무의 치열한 복수극이었다고 해도 좋았다.

그래, 인간은 그렇게 지하로 쫓겨난 거야.

*

톨가와는 이곳에서 작별 인사를 나눈다.

"약속은 잊지 않았어, 나도."

함께할 수 없는 이유에는 역시나 디에고가 있다. 디에고의 곁에는 톨가가 있어야 한다.

"나도 유오를 떠나보낸 건 슬프지만 역시 무모하고 위험해. 정신재활원에 들어갔다가 나오는 걸로 끝나지 않을 수도 있어. 그리고 게이트를 통과하면 우리가 누군지 바로 알 수 있어. 여기, 이거 때문에. 어떻게 도망칠 수 있겠어? 다 들키고 말 거야."

'여기, 이거'라고 말하며 톨가가 칩이 내장된 자신의 머리를 두드렸다. 지키고 싶은 사람이 생기면 사람은 신중해진다. 완고해지고, 단단해져서 기둥 같아진다. 톨가의 마음을 이해하지 못하는 건 아니다.

"차라리 배관 통로로 계속 다니는 건?"

톨가가 묻자, 마르코가 고개를 젓는다.

"시간이 부족해. 그전에 유오가 폐기될 거야."

"뭐가 걱정이야? 안 잡히면 되지."

마르코의 말이 끝나자마자 의주가 간단하게 대답한다.

"그리고 이러나저러나 꼼짝 못할 거면, 그냥 질주하는 게 낫지 않아? 나는 그러고 싶어. 더는 답답하게 굴고 싶지 않아."

"안 잡히면 어디로 가게?"

"밖으로."

"허."

톨가는 헛웃음을 내뱉고 생각에 잠긴다.

어린 시절의 톨가는 누구보다 모험심이 강했다. 그 애가 상상으로 지상을 채워나갈 때, 톨가는 지하 도시를 휘저으며 나갈 수 있는 통로를 추적했다. 나가고 싶은 강한 욕망이 있었다기보다 톨가에게 지하 도시는 정복해야 하는 공간이었을 뿐이리라. 실제로 톨가는, 적어도 톨가가 닿을 수 있는 모든 지역을 지도로 완성한 후 그것을 거들떠보지도 않았다. 어차피 지하 도시의 통로는 고작 열네 살이 찾을 수 있게끔 만들어지지도 않았을뿐더러 그즈음 톨가의 모험심은 디에고라는 형에게 옮겨갔기 때문이었다. 톨가는 한 사람의 마음을 정복하는 불가능에 도전했다. 그려지지 않는 마음을 끝없이 헤집고 돌았다. 때때로 우리에게 하소연하며 울기도 했고, 포기할 거라 선언했다가 며칠 뒤 또 디에고 이야기를 하질 않나, 가끔은 디에고의 흉을 보기도 했다. 하지만 그러는 동안에도, 비록 톨가는 울고 화를 내고 우울해하고 심각한 무기력에 빠지기도 했지만 그때만큼 자주 웃었던 적이 없었다. 톨가는 모르겠지. 화를 내다가도 디에고에게 연락이 오면 곧장 웃었다는 걸.

톨가가 디에고에게 고백하던 순간은 나에게도 선명했다. 그때 나는 그 애와 둘이서 공원 벤치에 앉아 있었는데 그곳에 톨가와 디에고가 왔고, 우리를 발견하지 못한 둘은 우리와 멀지 않은 벤치에 앉았다. 나는 자리를 피하려고 했는데 그 애가 내 팔을 붙잡아 도로 앉혔다. 쉿, 쉿. 조용히 하라고 하면서. 스피커에서 흐르는 시냇물 소리와 새소리를 들으며, 플라스틱 소재로 만들어진 나뭇잎 사이로 한숨을 푹푹 내쉬는 톨가의 뒷모습을 보았다. 허리랑 어깨 좀 펴라고 등을 두드려주고 싶은 걸 꾹 참으며 그 애와 나는 조용히 톨가를 응원했다.

'톨가 발치에 있는 저 꽃, 저거 토마토 꽃이거든. 토마토 꽃의 꽃말은 사랑의 결실이야.'

그 애가 그렇게 말을 하자마자 거짓말처럼 디에고가 고개를 끄덕였고, 톨가가 디에고를 끌어안았다. 그 애는 토마토 꽃이 사랑을 이어준 것처럼 말했지만 나는 꼭 그 애가 주문을 건 것처럼 느꼈다. 아주 특별한 힘이 있다고 생각했다. 사랑을 느끼게 하고, 사랑을 이뤄지게 하는 그런 모든 것을 다 부릴 수 있는 재주가 있는 건 아닐까.

어쨌거나 나는 디에고를 끌어안던 톨가의 단단한 팔을 기억한다. 그 팔은 톨가가 만든 최초의 울타리다. 모험만을 꿈꾸던 톨가가 만든 오두막. 그곳에는 디에고가 있다. 이제 톨가는 태풍을 뚫고 바다를 건너는 것이 아니라 태풍으로부터 집을 지켜야 한다. 집은 시간이 지날수록 견고해지겠지. 지키고 싶은 것이 생긴다는 건, 누군가를 사랑한다는 건 그렇게 세상으로부터 외골수가 되어가는 과정이니까.

그러니 톨가의 결정에 아무런 서운함도 느끼지 않는다. 오히려 톨가가 함께한다고 하지 않음에 안도한다. 같이 간다고 했으면 화를 냈을 거야. 디에고를 나처럼 만들 순 없으니까.

그와 동시에 우리를 말리려는 톨가의 마음도 이해한다. 나였어도 그랬을 것이고, 나였다면 톨가보다도 더 격렬하게 말렸을 것이다. 새삼 톨가의 침착함에 감탄한다.

"밖으로 나가기도 전에 잡힐 거야."

한참 뒤에야 톨가가 입을 연다. 의주가 웃는다. 테이블에 올려두었던 땅콩 통을 다시 들어 흔든다.

"그렇게 말하는 거 보니 나갈 구멍이 있긴 있다는 거구나. 너는 그걸 알고 있고."

의주는 무엇이든 잘 꿰뚫어서 탈이다. 톨가는 반박하려다가 이내 수긍해 고개를 끄덕인다.

"나는 우리가 여기에서 무난히 살 수 있을 거라 믿는데."

"그렇긴 하지."

이번에는 의주가 수긍하며 고개를 끄덕인다.

"무난히 산다면…… 근데 우리는 무난히 살지 않기로 했잖아?"

스페이스 스카이는 인기가 많아 적어도 두 달 전부터 예약해야만 겨우겨우 입장할 수 있다. 번거로운 그 일을 매번 해내는 사람은 마르코다. 마르코는 이렇다저렇다 하는 언질도 없이 어느 날 스페이스 스카이를 예약했으니 시간 되면 같이 가자고 말했다. 마르코가 좋아하는 것이 막막한 우주인지, 아름다운 별인지, 그것도 아니면 옅은 안개가 끼어 있는 스페이스 스카이 공간 자체인지 말해주지 않아 알지는 못한다. 그렇지만 나는 별일 거라고 추측한다.

빈백을 둥그렇게 모아 여섯 명이 머리를 맞대고 누워 별자리를 구경하던 열여섯 살의 여름밤, 다른 친구들이 떠드는 동안에도 별다른 말도 없이 별을 바라보고 있던 마르코의 얼굴. 황홀한 표정도 아니었고 그저 평소와 다름없이 무뚝뚝한 표정으로 천장을 노려보고 있었는데 그 얼굴은 꼭 디에고를 생각하며 화를 내는 톨가와 비슷했다. 하지만 마르코는 늘 화난 듯한 얼굴을 하고 있어 이렇게 말하면 와닿지 않는다. 차라리 다른 친구들이 조잘조잘 떠들다 까무룩 잠이 든 후에도 혼자 깨어 하염없이 스크린 위의 별을 보고 있었다고 하는 게 더 와닿을지도 모르겠다. 비록 마르코는 별자리의 정확한 이름도 모르지만. 사랑한다는 게 반드시 그것을 다 알아야 한다는 것은 아니므로. 잠들지 않고 지켜보는 것도 충분한 사랑이라 할 수 있지 않을까.

더이상 별을 직접 바라보는 게 불가능해진 인류가 꾸역꾸역 이런 공간을 만들고 빽빽하게 누워 천장 스크린을 올려다보는 모습을 목격할 때마다, 별을 보고 길을 찾던 지상 인간의 유구한 짝사랑이 유전자에 새겨져 고스란히 전해져왔다는 생각을 한다. 인간에게는 필연적으로 별이 필요한 거야. 그것들이 어둠으로부터 우리를 지켜주었으니까. 캄캄한 지하 도시에서는 그 어느 때보다 필요했던 거다. 의주는 별을 꿈꿀 수 있는 공간을 만들었다는 게 이해가 가지 않는다고 했지만 나는 이와 같은 이유로 꼭 있어야 했다고 생각했다.

　마르코가 그렇게 별을 사랑한 덕에, 우리는 남들보다 더 많은 시간 동안 별을 탐했고 심도 있는 대화도 더 자주 나눌 수 있었다.

　그 여름밤, 톨가의 말을 물꼬 삼아 나눴던 대화가 그랬다.

　'가짜야, 전부. 별이란 건 없어.'

　'갑자기 왜?'

　치유키가 물었다.

　'조금만 따져봐도 금방 알지. 어떻게 지구의 밤하늘에 저렇게 빛나는 별들이 보일 수 있겠어?'

　톨가가 의기양양하게 대답했다.

　'합리적인 의심이네. 실제로 본 적 없으니 알 리 없지.'

의주가 톨가의 말을 뒷받침했다.

'그렇게 따지면 여기가 행성이라는 것도 알 수 없는 거 아냐? 확인해본 적 없으니까. 잘 만들어진 우주선일 수도 있지.'

나는 상상을 덧붙였다.

'우주가 있는 건 어떻게 알아? 우리 우주 본 적 없잖아.'

치유키가 초 치는 소리를 했다.

'잘 만들어진 월패드 세상일 수도 있지. 어차피 이 세계는 전자로 이루어져 있다며?'

치유키의 말을 가볍게 무시하고 톨가가 이어 말했다.

'그건 너무 갔다.'

의주가 한 발 뺐다.

'별은 진짜였으면 좋겠는데.'

묵묵히 있던 마르코가 한마디 툭 던졌다.

'너무 아름다운 건 의심해보는 게 좋아.'

톨가가 훈수를 두었다.

'그건 또 무슨 말이야?'

내가 물었다.

'저번에 유오가 그러지 않았나? 식물은 아름다운 것일수록 독을 품고 있을 확률이 높다고. 그럼 저것도 무슨 꿍꿍이를 품고 있다고 의심해봐야지. 너희는 정말 지상의 하늘에 저런 별이 반짝였을 거라 믿어? 저런 하늘을 두고 인간이 전쟁을 벌였다는 건 영 앞뒤가 안 맞아. 종일 하늘만 쳐다보며 별을 탐구했어도 모자랐을 거야.'

'그래서 네가 하고 싶은 말이 뭐야?'

톨가의 말이 끝나자 의주가 바로 되물었다.

'모두 가짜라는 거.'

톨가의 대답을 끝으로 우리는 잠시 침묵했다.

'그럼 이 밖에는 아무것도 없어?'

침묵을 깬 건 치유키의 질문이었지만, 그 뒤로도 한동안 아무도 입을 열지 않았다. 누구도 대답해줄 수 없는 질문이었다.

'온실을 확인하면 되겠다.'

한참 뒤, 유오가 입을 열었다.

'온실?'

내가 물었다.

'응, 온실에 식물이 가득한 걸 확인하는 거야. 그럼 숲이 있다는 거니까.'

'숲이랑 별이랑 무슨 상관이야?'

유오의 대답에 치유키가 물었다.

'그렇게 다양한 개체가 끊임없이 변화하며 유지되는 숲이 있는데, 별이 없겠어?'

이번 질문 역시 누구도 그렇다고 대답할 수 없어 모두가 입을 다물었다.

그리고 또다시 한참 뒤, 치유키가 물었다.

'그렇지만 온실에 우리는 못 가는걸?'

'가는 편이 더 재미있지 않을까. 이렇게 이야기만 하고 있는 것보다는.'

'마음에 들어. 그게 훨씬 재미있겠다. 흥미진진하고!'

유오의 대답에 톨가가 바로 맞받아쳤다.

'평생 감옥에 갇힐 수도 있어. 운 나쁘면 죽을 수도 있고. 그래도 괜찮겠어? 그러니까 그건 지하 도시에 반역을 일으키는 짓이야. 질서를 무너뜨리고 모두를 위험에 빠뜨리는 일인데. 그래도 정말 괜찮은 거야?'

의주의 말을 끝으로 우리는 한참 동안 침묵을 지켰다. 괜찮다는 말도, 괜찮지 않다는 말도 나오지 않았다. 그런데 한참이 지난 후에, 이 주제에 관한 대화가 은근슬쩍 끝났다는 기분이 들 때쯤에 유오가 말했다.

'나는 꼭 볼 거야. 가고 싶어! 그러니까 너희가 도와줬으면 좋겠어.'

도와달라는 말을 듣는 순간 모든 게 다 괜찮다는 생각이 들었다. 없애겠다는 것도, 바꾸겠다는 것도 아니고 실재하는

지 확인만 하겠다는 건데 그게 무슨 큰 문제가 되겠느냐 생각했고 그리고 그건 유오뿐만이 아니었다. 만일 유오가 아니라 마르코가 별을 따다 달라고 했어도 우리는 기꺼이 소원을 들어주기 위해 스페이스 스카이의 천장을 뜯었으리라. 우리에게 지하 도시의 질서 따위는 아무런 상관 없었다.

가장 늦게까지 고민하다 입을 연 건 톨가였다.

'그래, 그거 재미있겠다. 무난하지 않고.'

톨가는 지금도 고민하고 있다.

하지만 오랜 시간이 지나지 않아 입을 연다.

"씨앗 저장고에 온실로 가는 승강기가 있어."

바지 뒷주머니에서 카드키를 꺼내 내민다.

"비상용 키인데, 오기 전에 혹시나 해서."

그렇게 말했다가 곧바로 말을 정정한다.

"아니, 사실 너희가 그럴 것 같았거든. 근데 나는, 나는……"

고개 숙여 말을 잇지 못하는 톨가를 끌어안아준다. 쓸데없는 생각이 비집고 들어갈 틈이 없도록. 그리고 톨가가 착각하지 않도록 말해준다.

"고마워. 정말 고마워."

애초에 우리의 약속은 흥미진진한 삶을 살자는 것이었다.

톨가는 이미 사랑하는 사람과 새로운 하루를 보내고 있지 않은가. 톨가는 우리 중 가장 빨리 약속을 지킨 사람이다.

톨가가 내 어깨에 얼굴을 묻는다. 톨가는 따뜻하구나. 조금 뜨거운 것 같기도 하다.

톨가가 건네준 카드키를 손에 쥐고 복도에서 인사를 나눈다. 의주는 네 갈래로 흩어지는 교차점에서 주위를 살피며, 나를 찾는 정신재활원 직원들이 있는지를 확인한다. 다행히 아직은 복도가 고요하다. 고작 우울증 걸린 애 한 명을 찾기 위해 벌써 소란스러워질 필요는 없지.

톨가가 우리의 얼굴을 천천히 뜯어본다. 눈이 좀 촉촉해진 것 같은데, 내 착각일 수도 있다.

"우리 다시 다 함께 별을 볼 수 있는 거지?"

톨가가 묻는다.

그 별은 진짜가 아니고 다시는 다 함께 볼 수도 없지만, 나는 그렇다고 대답한다.

*

나는 가끔 발칙한 상상도 해. 사랑한다는 말도 나누지 않은 너와 내가 사랑을 나누는 상상 말이야. 그 상상 속에서 너는 나에게 사랑한다고 말하지 않아도 꼭 그런 눈으로, 사랑이 아니면 설명이 안 되는 눈으로 나를 봐. 그 눈을 볼수록 부끄러워져서 네 눈을 괜히 손바닥으로 가리며 나는 까르륵 웃어. 너와 내가 침대에서 할 줄 아는 것이라고는 뒤엉켜 영화를 보거나 과자 부스러기를 흘리며 먹거나 늘어지게 낮잠을 자는 것뿐인데, 상상 속의 너와 나는 아주 자연스럽게 서로의 머리카락을 만지고 코를 매만지다가 입술을 맞대고 틈이 없도록 끌어안아. 이산화탄소만 뿜어대는 서로의 숨에 산소를 갈망하면서도 오랜 시간 떨어지지 않고 그렇게 있어. 한때 나는 불쑥불쑥 솟아오르는, 나의 의지와 상관없는 이런 생각들 때문에 입술이 보이지 않도록 입안으로 말아넣고 앞니로 잘근잘근 눌렀어. 아프면 정신 좀 차릴까 생각했는데, 그러기는커녕 하도 씹어서 입안이 다 헐어버리기만 하더라고. 그렇게 헐면 한동안 뭘 먹거나 마시는 게 고역이었는데 나는 그 고통을 상상 값이라고 받아들였어. 상상은 자주 무거운 죄책감으로 형질을 바꿨고 나는 너를 쳐다보는 것도 힘들 만큼 그 무게에 짓눌리곤 했다는 걸, 동시에 끊임없는 갈망에 몸이 바싹바싹 말라 마치 커다란 돌을 어깨에 이고 메마른 사막을 걷는 듯한 기분이었다는 걸 너는 모르겠지만.

키머러는 머리카락으로 새를 그리던 사람이었다. 키머러

는 지하 도시의 이발사로 오전 일곱시부터 오후 여덟시까지 종일 사람들의 머리를 잘랐다. 그리고 그날 그리고 싶은 새에 맞게 자른 머리카락을 몰래 모아두었다. 뱁새의 작고 부푼 몸을 표현할 때는 파상모를 모으고, 극락조의 화려한 깃털을 표현할 때는 직모를 모으는 식이었다. 그렇게 머리카락은 키머러의 손에서 영원히 죽지 않는 새가 되었다. 키머러는 자신이 그린 새들을 방에 쌓아두었는데 이따금 손님에게 선물하기도 했다. 그 수혜자 중 한 명이 나였다. 키머러가 내 머리카락으로 그린 새는 푸른박새로, 몸통이 작고 둥근 귀여운 새였다. 색을 쓸 수 있었다면 몸통을 푸른색으로 칠하고 배를 노란색으로 칠했을 거라는 설명을 들으며 나는 한 번도 본 적 없는 푸른박새를 어설프게 상상했다. 그후 우리는 가끔 머리를 맞대고 푸른박새가 나는 모습을 연구했다.

'이 작은 것이 하늘을 가로지른다는 게 상상이 가니? 세 걸음 걷고 지쳐서 쓰러질 것 같은데! 지상에 사나운 짐승과 위험이 얼마나 많은데 이 새가 멸종하지 않고, 이 작은 날개로 하늘을 날며 살았다는 게 나는 정말 믿기지 않아. 새는 정말이지 이 행성에서 가장 특별한 생명체야. 하늘을 날다니! 팔을 이렇게, 이렇게 휘둘러서!'

새를 이야기할 때의 키머러는 식물을 말할 때의 그 애와 똑 닮았다. 좋아하는 것을 대할 때 사람들의 표정은 이토록 닮아 있구나. 나는 그게 부러웠던 것 같다. 여태껏 한 번도 저런 표정을 지어본 적 없으며 어쩌면 앞으로도 없을지 모른다는 쓸쓸함이 들었던 것 같기도 하고, 그 애와 똑같은 표정을 지을 수 있는 키머러를 질투했던 것 같기도 하다. 둘 다일 수도 있지. 그 애를 좋아하고 난 뒤부터는 대개 감정들이 서로 엉겨붙어 도저히 구분할 수 없을 지경이었다.

'더 신기한 건.'

키머러가 진지하게 말을 이었다.

'철새들은 때가 되면 다 남쪽으로 내려간다는 거. 따뜻한 곳을 찾아 계속 날아다니는 거지. 새들의 눈에는 방향을 알 수 있는 단백질이 있대. 지구의 자기장을 통해 방향을 감지한다는 거야. 모든 생명이 각자 자신만이 가진 방식으로 지구를 살고 있었어. 인간이 보던 세상이 전부가 아니었던 거지.'

그렇게 말하며, 키머러가 뜬금없는 말을 덧붙였다.

'마치 네가 유오를 감지하는 것처럼.'

그러곤 까르륵 웃었다.

'너 머리 하고 있다가도 유오가 들어오는 소리는 바로 알아 차리잖아. 내가 그걸 모를 줄 알았니?'

사람들의 머리카락을 만지며 숱한 대화를 나눠왔던 키머

러에게 상대방의 작은 행동, 약간의 목소리 변화, 시선의 이동 같은 것을 유심히 관찰하는 습관이 생긴 것이다. 손님을 찾아온 또 다른 손님이 친구인지 애인인지, 아니면 짝사랑 상대인지 따위를 미약한 변화로 알아채는 것이다. 그건 시간을 통해 체득한 능력인 셈이다.

'괜찮아, 부끄러워할 필요 없어. 나도 다 알아.'

키머러가 내 어깨를 토닥이며 말했다.

키머러가 사랑했던 사람은 고문서를 복원하던 설준이었다. 내가 가물가물하게 기억하는 설준은 금색 테두리 안경을 썼고, 말을 할 때마다 습관처럼 머리카락을 쓸어넘겼다. 게다가 설준은 반반한 외모 때문에 인기가 많았는데 남의 이목을 끄는 걸 전혀 즐기지 않던 그는 홀로 고문서를 들여다보며 문장을 복원하는 일에만 매달렸다.

사람들의 시선을 피하고자 직장과 집만 왔다갔다하는 설준이 유일하게 주기적으로 방문하는 곳이 키머러의 이발소였다. 안경을 쓸 때도 멋있지만 맨얼굴은 또 다른 매력이 있다고, 키머러는 이제 볼 수 없는 설준을 떠올리며 말하고는 했다. 설준의 머리카락을 자를 때는 다른 때보다 더 집중하게 되더라고. 특출나게 좋은 머릿결이었던 것도 아닌데 키머러는 손이 느려졌단다. 유오와 만났다 헤어질 즈음 내 걸음이 느려지던 이유와 같았으니까.

키머러는 들고 있던 스케치북을 놓으며 바닥에 벌러덩 드러누웠다. 그리고 설준을 떠올리듯 허공을 바라보며 웃었다.

'좋지. 암, 좋고말고. 나는 한때 그 사람 머리카락만 봐도 몸 상태를 알았다니까? 한번은 두피가 너무 푸석푸석한 거야. 피부가 전부 건조했던 거지. 그래서 바르라고 내 크림을 나눠 줬거든. 그러다 나도 모르게 그 사람이 손에 크림 바르는 걸 한참 동안 보고 있던 거야. 홀린 듯이.'

그때 나는 또 혼자 까르륵 웃는 키머러를 따라 웃어주었다. 남 이야기로 들을 처지가 아니었기 때문이다. 키머러는 한동안 가만히 있다 나를 쳐다보며 입을 열었다.

'소마, 너도 이제 이해할 거라고 믿어. 친절하지 않게 찾아오는 감정들이 있다는 거. 굴복하면서도 정복해야만 하는 그 팽팽한 긴장감을 유지하느라 온 기력을 다 쓴다는 거. 사랑은 정말 체력이 필요한 일이야, 여러모로.'

나는 온몸으로 동감했지만 차마 그렇다고 말하지 못했다.

'그래도 한번 물어는 볼 걸 그랬어. 저기, 있잖아요. 나랑 사귀지 않을래요? 손잡아보고 싶어서 그래요. 손 한 번만, 진득하게 잡아보고 싶어서요……'

유오의 장례식 날, 키머러는 나를 말없이 아주 오랫동안 안

아주었다. 친구들도 있었지만 그들도 유오의 친구였기에 누구를 위로할 처지가 못 되었고 오로지 키머러만이, 그곳을 찾아온 사람 중 사랑했던 사람을 먼저 떠나보내봤던 키머러만이 나를 꽉 끌어안으며 말없이 등을 토닥였다. 한 번 토닥일 때마다 그 손짓이 말을 건네는 것 같았는데 그게 '괜찮아'인지 '울어도 돼'인지 '이해해'인지 구분하지 못했다. 그저 그런 것들의 덩어리쯤이라 생각했다. 그리고 한참 뒤, 키머러가 내 귓가에 속삭였다.

'네 탓이 아니야.'

그건 꼭 말해줘야겠다고 생각했을 것이다.

'네 탓일 수가 없어.'

하지만 나는 그 말을 귀담아듣지 못했다. 키머러의 말은 내 귓가를 맴돌다 흘러가버렸다. 안다. 나를 짓누르는 것이 비단 슬픔뿐은 아니라는 걸 나는 그 순간에도 알았고 몇 날 며칠 침대 위에 누워 있을 때도 알았지만 애써 모르는 체하고 있었을 뿐이다. 나를 짓누르는 것이 온전히 슬픔뿐이어야만 그나마 숨을 쉴 수 있을 것 같았으니까.

'사람은 죽어, 소마. 사람은 늘 어디선가 죽고 있어. 시도 때도 없이.'

키머러가 같은 말을 반복했다.

'늘 죽어, 그건 어쩔 수 없어.'

설준은 고문서 복원 작업 과정에서 지속적인 방사선 노출로 병에 걸려 죽었다. 키머러는 그의 몸이 병들어가고 있다는 걸 알아차렸지만 말해주지 못했다. 몸이 좋지 않은 것 같으니 검사를 받아보라는 말은, 평소에 설준을 눈여겨보고 있었다는 뜻으로 느껴질 터라 키머러는 그런 자신의 관심이 설준에게 부담이나 징그러움으로 다가갈까 두려웠다.

'나는 그 사람에게 말할까 말까 고민하던 그 순간의 내가 또렷해, 소마. 한참 전에 이발이 끝났는데도 나는 머리카락을 계속 매만지며 시간을 벌었어. 머리카락이 빠진 빈틈으로 울긋불긋하게 진물이 나는 그 사람의 두피를 보면서. 근데 나는 그날도 머리카락에 오일을 발라주고 말았어. 다음에는 꼭 말해야지 생각하면서 그냥 보냈어. 그 사람한테 남은 삶이 한 달도 채 되지 않았다는 걸 알았더라면 그렇게 보내지 않았을 거야.'

키머러는 그 애의 죽음이 나에게도 같은 형태로 남을 것이라는 걸 알고 있었다. 나는 말하지 않았지만, 내 머리카락이 말해주었을 것이다. 그건 키머러의 능력이니까. 초조해하고 망설이던, 무언가에 골몰하고 후회 섞인 한숨을 푹푹 내쉬던 나를 기억하고 있었을 것이다. 그 애가 죽기 삼 일 전이었다.

'그 사람을 살리고, 불쾌했다면 미안하다고 사과했을 거야.'

치유키가 찾아오고 천장에 매달린 흰 거미를 봤던 그날, 나는 꿈에서 또 나를 보았다. 붉은 버튼 위에서 망설이는 손. 붉은 버튼을 누르면 수화기 너머 대원의 목소리가 들리겠지. 신고할 사항이 무엇이냐고 친절하게 묻겠지. 나는 망설이다 T7-033구역이 붕괴 위험이 있는 것 같다고 내뱉고 곧장 전화를 끊었을 것이다. 내가 버튼을 눌렀더라면 말이다. 그럼 대원은 뜬금없는 제보를 이상하게 여기다가 혹시나 싶은 마음에 신고 구역을 살펴봐야겠다고 보고를 올렸을지도 모르고, 술 마시기를 좋아하는 지하 도시의 서장은 언제나 그렇듯 '그래, 그래' 하고 보고서를 승인했을지도 모른다. 그럼 붕괴의 위험을 알고도 무리하게 진행하던 모든 작업이 멈춰졌을지도 몰라. 하지만 꿈속의 나는 망설이다 끝끝내 버튼을 누르지 않는다. 현실의 나와 다를 것 없는 선택을 한다. 붕괴 조짐을 목격했다는 통화를 들어놓고서, 너의 안위를 걱정하는 내 마음을 네가 알아차릴까 두려워서 그 불길함의 징조를 애써 무시했다. 책상 밑으로 내렸던 내 손과 함께.

'하지만 소마, 나는 내가 그 사람을 살리지는 못했을지언정 죽였다고는 생각하지 않아. 우리는 그렇게 믿고 살아야 해. 그

리고 그게 맞아.'

그렇지만 정말로 키머러가 그 말을 믿고 산다면 나를 안고 이렇게 구구절절하게 이야기할 리 없다고, 키머러도 매번 그걸 실패해서 나를 빌미로 다시 또 주문을 걸고 있는 거라고 생각했다.

그 애를 생각하며 얽혔던 수만 가지의 감정들은 그렇게 뭉쳐 나에게 끈적끈적한 덩어리로 남았다. 그 덩어리는 이제 내 심장에 들러붙었다.

평생 떼어놓을 수 없다.

입안의 상처는 깨끗하게 사라졌고, 나는 이제 그 애를 생각하면 내 목을 조르고 싶다.

*

빅터 연구소로 가기 위해선 마르코가 연구소 전용 승강기를 타야 한다고 말했다.

"연구소 전용 승강기를 타려면 여기와 마찬가지로 복도를 지나야 하는데, 경비원 카드만 있으면 출입할 수 있어. 상주하는 경비원도 많지 않아서 들어가는 건 수월하겠지만, 감시 카메라에 걸리겠지."

마르코가 말을 마치자 의주가 곧장 입을 열었다.

"연구소 쪽 모든 전력은 중앙 시스템과 분리되어 있어. 독자적인 에너지원을 가지고 있거든. 대정전 사태를 대비해서 그렇게 설계했다고 들었어. 다시 말하자면, 연구소의 감시 카메라만 끄면 된다는 거지."

"일을 키우겠다는 말로 들리는군."

마르코가 단정적으로 말하자, 의주가 실소를 터뜨린다.

"어차피 그렇게 될 거 아닌가?"

"감시 카메라가 꺼지면 지하 도시 전체에 비상 경고음이 울릴 수도 있어."

"아니."

마르코의 말에 의주가 자신 있게 받아친다.

"울리지 않아. 비상 경고음은 지하 도시에 혼란을 가져오니까."

마르코와 의주의 논쟁을 듣고만 있던 치유키가 끼어든다.

"어쩌면 의주 말대로 비상 경고음 따위는 안 울릴 수도 있어. 그럼 모든 대원을 출동시키지도 않을 테고. 언제나처럼 조용하게 일을 처리하려고 하지 않을까? 병원에서도 자주 그러거든. 가끔 어디에서 어떻게 다쳤는지 알 수 없는 사람들이 단체로 실려 올 때가 있어. 꼭 패싸움이라도 하다가 온 것처

럼. 그런 사람들은 대개 위원회 대원들이 데리고 오는데 아무
것도 설명해주지 않아. 그냥 치료나 하라고 하지.”

의주가 고개를 끄덕이고 말을 덧붙인다.

“그리고 어쩌면 우리를 발견해도 아예 신경도 안 쓸 수도
있어. 그들이 눈여겨볼 만한 대상이 아니야.”

“……작으면 강해.”

나도 모르게 혼잣말하듯 말을 내뱉는다. 내가 통제할 수
있는 발화가 아니었다. 그건 그 애가 한 말이다. 그 애가 지금
우리 곁에서 같이 머리를 맞대고 골몰하고 있다. 언제부터 여
기에 있었지? 의문이 들지만 깊이 파고들지 않는다. 그 애가
없던 것보다 내 옆에 있는 것이 훨씬 좋으니까. 나는 그 애가
옆에서 내뱉는 말을 따라 읊는다.

“살아 있는 모든 작은 것들은 강해, 그 어느 것보다.”

숲우듬지 사이로 퍼지는 빛의 파장을 먹고 자라는 이끼가
그렇듯이.

나를 바라보던 의주가 입술이 얇아지도록 웃는다. 하지만
왜 웃느냐고 물을 새도 없이 표정을 지워버리고 도로 진지하
게 입을 연다.

“전력을 완전히 나가게 하는 건 어렵지만 한시적으로 공급
을 멈추는 건 가능해. 점검할 때 구역별로 최대 삼 분씩 전원

을 내리거든. 복도가 얼마나 길지?"

의주가 마르코를 보며 묻는다.

"그렇게 길지는 않아, 달려가면 이십 초 정도 걸릴 거야."

"연구소 내부로 들어가면 바로 클론이 있어?"

"좀더 들어가야 해. 실험실과 제작실을 지나야 보관실이 나와."

"거기까지의 거리는?"

"연구소로 들어가서부터 대략 오 분."

마르코가 말을 마치자마자 의주가 탄식을 터뜨린다. 치유키가 다급히 마르코에게 묻는다.

"그 기준은 뭐야?"

"전속력으로 뛰었을 때. 길도 헤매지 않고."

"전원을 내리는 건 삼 분이 최장이야. 이후에는 시스템이 원상태로 돌아와. 출입부터 탈출까지 삼 분 안에 다 끝내야 돼. 근데 마르코 네 말에 따르면…… 어쨌거나 삼 분은 훨씬 넘는 시간이 걸리잖아. 그러려면 순차적으로 내려야 해. 동선을 따라서……"

"아냐, 그건 안 돼."

치유키가 다급하게 의주의 말을 자른다.

"전원을 내리는 사람이 너무 위험해. 연구소 전력이 단순히 결함으로 꺼진 게 아니라 누군가 의도해서 끄고 있다는 걸 곧장 알아차릴 거야. 그럼 바로 기계실로 갈 거고, 현장에서 잡혀. 설령 그때 도망간다고 하더라도 기계실에 들어가는 장면은 결국 찍히게 되어 있잖아."

"너희 내 달리기 실력을 보고도 그런 걱정을 해?"

"네가 하라는 말이 아니……"

이번에는 의주가 치유키의 말을 자른다. 껄껄, 웃으면서.

"기계실에 내가 아니고 너희 중 하나가 들어가겠다고? 무슨 자신감이야? 너희 무슨 버튼을 눌러야 하는지 알기나 해?"

그러고는 박수를 짝짝, 친다. 마치 농구 경기를 하다 승리를 확신하는 골을 넣고 손뼉 치던 그때처럼, 아무것도 결정된 게 없는데 의주는 그렇게 박수로 상황을 마무리 짓는다. 잠잠히 듣고 있던 마르코가 의주를 따라 손뼉을 친다. 그러자 치유키가 내 손목을 붙잡는다. 그리고 반대편 손을 내 이마에 올린다. 손목을 붙잡은 게 아니고 맥박을 재고 있다는 것도 그제야 눈치챈다.

"달려야 해. 할 수 있겠어? 안색이 좋지 않은데, 아직."

치유키의 걱정에 나는 하고 싶은 말이 많아진다. 어떻게 나에게 그런 걸 물을 수 있을까? 따지고 싶기도 하다. 돌연 속에서 화 같은 것이 치밀어 올랐는데 그 애가 옆에서 낄낄 웃으며 내 어깨를 토닥인다. 그리고 이렇게 말한다. 여기서 너 화내면 진짜 꼴불견인 거 알지? 그 애가 얄밉다. 이 모든 게 네탓인데 너는 상관없는 척.

"뭘 잘했다고 웃어."

"응?"

심술 나서 그 애한테 한마디했을 뿐인데 치유키가 당황스러운 표정으로 묻는다.

"아니, 너한테 한 말 아니야."

나는 다급히 말을 수습하고.

"나 잘 달릴 수 있어. 나 잠수 잘하잖아."

내 나름의 그럴듯한 이유를 댄다.

*

수영을 배우는 날이면 그 애와 나는 수심이 가장 깊은 삼미터 구역에서 오랫동안 잠수 대결을 했다. 수영장 바닥 타일의 무늬까지 선명하게 보이던 물 안에서 눈을 뜬 채 서로의 상태를 확인하며 뽀글뽀글, 공기 방울만 내뿜던 그 애와 나의 모습을 생각하면 지금도 웃기다. 웃기고 부럽다. 지지 않으려 얼굴이 파래지도록 참던 우리의 꼬락서니를 떠올리면 머리가 아프고 슬프다. 검지와 엄지로 코를 꽉 붙잡고 나를 이기겠다고 발버둥치던 그 애의 몸짓을 곱씹어보면 만지고 싶어 손바닥이 저릿저릿하고 숨이 막힌다. 바깥에 있던 치유키와 의주, 마르코, 톨가가 우리를 방해하겠다고 한 번에 뛰어 들어와 잠잠했던 수면에 물결을 일으키던 순간에도 나는 그 애의 눈을 주시하며 웃는다. 흰 거품 속으로 사라지던 그 애는 의주나 톨가의 손에 잡히기 전에 언제나 입술을 열심히 움직이며 어떤 말을 전하는데 나는 단 한 번도 그 말을 알아들은 적이 없다.

수영 수업이 끝나면 우리는 가장 늦게까지 남아 수영장 바닥에 아무렇게나 드러누워, 아주 먼 옛날 미켈란젤로라는 화가가 바티칸이라는 지역의 시스티나성당 천장에 그렸다는 〈천지창조〉를 그대로 모방한 수영장 천장을 바라보며 그림 속 사람에게 이름을 붙여주거나 그의 삶을 지어내는 식으로 수다를 떨었다. 그렇지만 끝내 우리는 천장에 왜 저렇게 정신없는 그림을 그렸는지 도통 이해할 수 없다는 데 의견이 모이고는 했다.

'저 그림 제목이 '천지창조'잖아. 물이 생명의 근원이니까 그려놓은 거 아냐?'

톨가가 말했다.

'근데 저게 도대체 왜 천지창조야? 천지창조 하는 데 사람

이 저렇게 많이 필요했어?'

치유키가 딴지를 걸자,

'저 정도면 사람 적은 거 아냐? 세상을 만드는 데 고작 저 정도로 되겠어? 저기도 업무 빡빡했겠다.'

의주가 한숨을 쉬며 대꾸했다.

'근데 왜 물이 생명의 근원이냐?'

마르코의 질문에 모두가 놀란 듯 마르코를 보았다가 그래, 모를 수도 있지, 하고 고개를 끄덕였다. 그러고는 설명을 바라는 듯 누구 한 명 빼놓지 않고 그 애를 바라봤다.

'바다에도 숲이 있대.'

시선을 느낀 그 애가 입을 열었다. 그 말이 마르코의 질문과 어떤 연관이 있는지는 아무도 몰랐지만 잠자코 집중했다.

'햇빛이 닿는 곳까지 내려가서 눈을 뜨면 식물들이 바닷속에서 광합성을 하고 있대. 엄밀히 말하자면 그건 식물이라기보다 원생생물이라는 건데 식물의 조상 같은 거야. 그럼 바다에 있다는 숲은 원시 숲이겠지? 지구의 태초. 바다로 들어간다는 건 시초로 돌아간다는 것과 같은 말일 거야.'

그 애의 말을 들은 이후로 수영장에 들어갈 때면 눈을 꽉 감는 습관이 생겼다는 걸, 그러다 눈을 떠 물에 갇힌 숲을 환영처럼 만들어낸다는 걸 그 애는 모른다. 비밀은 아니었는데,

내가 말하기 전에 죽어서 그렇게 비밀이 됐다. 어쨌거나 그 애에게 들었던 모든 식물을 통틀어 나는 바닷속에 사는 식물을 가장 좋아한다. 지상에 모습을 드러내지 않은 채 은밀하게 자기들끼리 군집을 이뤄 몇억 년을 버티고 있다는 점이 근사했다.

'그럼 우리는 왜 물에서 숨을 못 쉬어? 물이 생명의 근원이라며. 우리도 물에서 온 거 아니야?'

마르코가 다시 물었다. 그 질문은 동물의 진화와 밀접한 말이었고 동물에는 영 관심이 없던 그 애는 대뜸 몸을 일으켜 이렇게 외쳤다.

'나는 물에서 숨쉴 수 있다니까? 그래서 오래 있잖아! 너만 못 참는 거라고!'

그렇게 마르코를 잔뜩 도발하곤 물에 뛰어들었고, 그 애가 일으킨 거대한 물 폭탄이 누워 있던 우리를 뒤덮었다. 우리는 소리를 지르며 자리에서 일어났고, 마르코가 그 애를 잡겠다고 물에 뛰어든 뒤로 너 나 할 거 없이 물속으로, 우리는 한 번도 본 적 없는 숲속으로, 모든 생명의 근원이라는 태초로 빠져들었다. 우리 앞에 태초의 숲은 나타나지 않았지만 마치 구름처럼 흰 거품이 사방에서 피어났고, 우리는 남쪽으로 가는 새처럼 허우적거렸다. 발에 땅이 닿지 않는 기분은 꽤 좋았고, 숨이 막혀 죽을지도 모른다는 초조함을 느끼면서도 그 한계까지 가보고 싶다는 욕망에서 쉽게 벗어날 수 없었다.

그러다 그 애는 또 흰 거품 사이로 내게 말을 건넸다.

들리지 않을 테지만 나는 최대한 입을 크게 움직여 그 애에게 물었다.

뭐 라 는 거 야?

그 애가 다시 입을 열지만, 몰아치는 흰 거품이 그 애의 얼굴을 가리고 나는 입술을 보기 위해 집중하고 또 집중하지만 끝내 알지 못한다.

*

의주가 나를 끌어안는다. 그리고 나만 들을 수 있도록 작게 속삭인다.

"금방 갈게, 너무 걱정하지 마. 나 달리기 진짜 빠르니까 괜찮아."

나는 알겠다고 고개를 끄덕인다.

"그리고 내가 했던 말, 기억해?"

이번에는 가만있는다. 침대에 누워 있는 동안에도 끊임없이 의주의 말을 떠올렸지만 나는 모른 척한다.

"내 말, 진짜니까 믿어도 좋아."

하지만 그 애가 없는데 의주의 말이 진짜라는 걸 어떻게 증명할까?

"그때 내가 봤거든."

어쩐지 그만 듣고 싶다. 의주의 말을 끝까지 들으면 무척 슬퍼질 것 같은 예감이 든다.

"수영장에서."

하지만 나는 그만 듣겠다는 일말의 노력도 하지 않고 의주에게 그대로 안긴다.

"유오가 물속에서 너한테 했던 말, 나는 바로 알아봤거든."

보글보글 솟아오르던 흰 거품이 몸에서 피어오른다. 나와 의주를 바라보고 있던 그 애가 못마땅한 표정으로 묻는다.

내가 말하려고 했는데, 의주가 선수 쳤어.

"유오가 원래 연습을 많이 하는 성격이잖아. 너한테 말하기 전에 계속 연습한 거야. 물속에서, 좋아한다고."

그 애한테 시끄럽다고 말하려다가 입을 꾹 닫고 의주를 끌어안는다. 그 애가 옆에서 내 눈치를 본다. 나지막이 속삭인다.

미안, 그냥 알아듣게 바로 말해줄걸.

"그러니까 너무 억울해하지 마, 소마."

*

    연구소 전용 승강기 앞에서 의주와 헤어졌다. 승강기가 연구소 층에 도착한 순간부터 치유키는 시계를 보며 백 초를 세기 시작했다. 통화로 서로의 위치를 파악하며 문을 열 수는 없다. 통신국에서 우리의 통화를 모두 듣고 있었으므로 우리는 시간을 약속했다. 그러니 의주는 앞으로 백 초가 지나면 우리가 연구소 게이트 앞에 도착했는지 여부와는 상관없이 연구소로 진입하는 1번 복도의 감시 카메라를 끌 것이다. 그 뒤 이십 초 후에 우측 3번 감시 카메라를 끌 것이고, 일 분 뒤에 7번 복도, 이 분 삼십 초 뒤에 실험동 복도, 일 분 삼십 초 뒤에 13번 복도, 십오 초 뒤 클론 보관실 감시 카메라를 끌 것이다. 그리고 마지막으로 우리가 탈출로를 향해 달려갈 때까지 삼 분 동안 감시 카메라를 끄리라. 그때까지 의주가 들키지 않는다면. 우리가 어디에 있는지는 알지 못한 채, 그저 약속한 대로 의주는 행동할 거였다. 나는 달리며 치유키를 본다. 시계를 힐끔힐끔 쳐다보며 치유키는 연신 입으로 초를 센다. 사십오 초, 사십사 초, 사십삼 초, 사십이 초…… 그 숫자가, 그 애와 곧 만나리라고 카운트를 세어주는 것 같아서 숫자가 줄어들수록 숨이 가빠진다. 심장이 터질 것 같지만, 조금이라도 내색하면 마르코와 치유키가 당장이라도 멈추어 설까봐 나는 애써 삼킨다. 꼭 심장을 삼키는 것 같다.

치유키가 '일'이라고 말하는 순간 우리는 또 한번 구역을 넘어 연구소 게이트 앞에 멈춰 선다. 다른 곳과 연결되지 않은 연구소 입구 부근은 사람 없이 휑했고, 마르코는 주머니에서 다급하게 연구소 경비원 카드를 꺼낸다.

"의주가 감시 카메라 껐겠지?"

"응."

마르코가 망설이지 않고 게이트 입구를 연다. 불이 들어오지 않는 캄캄한 복도. 붉은 불빛이 사라진 감시 카메라. 의주가 성공했다.

우리는 다시 달리기 시작한다. 아주 잠깐의 찰나라도 의주가 우리를 볼 수 있도록 엄지를 들어주고 싶은데 우리가 무사히 탈출하려면 의주는 우리를 한 번도 보지 못해야 한다. 그것이 못내 아쉽다. 옆에서 함께 달리던 그 애가 말한다.

너무 힘든데, 조금 쉬었다가 가면 안 돼?

나는 오만상을 쓰는 그 애를 힐끔 보기만 하고 군말 없이 뛴다.

아니면 잠깐, 잠깐만이라도 멈추자, 제발!

나는 기어코 화를 터뜨린다.

"같이 뛰지 말고 돌아가, 그럼!"

함께 뛰던 그 애가 돌연 걸음을 멈춰버리고, 돌아가라고 소리친 건 나였으면서 나도 덩달아 멈춰 선다. 그 애가 상처받은 표정으로 나를 본다. 하지만 나는 돌아가 그 애를 달래지 않는다. 그 애는 만들어진 환영치고 너무 엉성하다. 진짜 그 애가 아니라 나를 닮았다. 그 애라면 신나서 선두에서 달렸을 것이다. 그 애라면 힘들다고 칭얼거리는 대신 나에게 힘들지 않으냐고 물었을 것이고, 내가 이렇게 원망스러운 눈으로 자신을 쳐다보고 있으면 먼저 다가와 왜 그러냐고 물었을 것이다. 지금처럼 나와 똑같은 표정으로 쳐다만 보고 있는 것이 아니라.

"소마."

치유키가 내 손을 잡는다. 화들짝 놀라 고개를 돌리니, 마르코도 저 앞에서 멈춰 서서 나를 보고 있다. 두 사람의 얼굴에는 당혹스러움이 내려앉아 있지만 끝내 나에게 누구와 말하느냐고 묻지 않는다.

"가자, 시간이 없어. 우리 멈춰 설 수 없어."

치유키의 손에 끌려 다시 달린다. 첫번째 복도가 거의 끝날 즈음 뒤를 돌아보자 그 애가 아직도 그 자리에 우두커니 서서 나를 보고 있다. 환영이라는 것을 아는데도 그 애가 혼자 있는 게 서글프다. 우리가 지나간 자리의 조명들이 하나둘씩 꺼진다.

마치 무너지는 동굴 같다.

그런 생각을 하며 마르코와 치유키를 따라 달린다. 숨이 턱끝까지 차오르고 목구멍이 아려왔지만 그 통증이 나쁘지 않다. 비릿하고 씁쓸하고 어쩐지 매운 통증을 음미하면서 방향을 바꿔가며 미로 같은 연구소 안을 달린다. 마르코의 말대로 경비원은 보이지 않는다. 상주하는 경비원이 적을 거라는 말을 들었음에도 보관실까지 오는 동안 단 한 명도 마주치지 않았다는 게 조금 이상하게 느껴진다.

그 애는 자신의 클론을 본 적이 없다. 그 애뿐만 아니라 팔이 절단되어 클론의 팔로 봉합 수술을 받았다는 그 애와 같은 팀의 삼촌도 자신의 클론을 보지는 못했다고 했다. 그저 갓 잡은 물고기를 밀봉한 듯 봉투 안에 팔이 담겨 왔고, 수면 마취로 정신을 잃었다가 눈을 뜨자 아기 피부 같은 보드라운 새 팔이 생겼단다. 클론을 보지 못한 건 마르코도 마찬가지다. 마르코가 출근해서 종일 하는 일이라고는 게이트 앞을 지키거나 연구원들의 잔심부름을 하는 정도였다.

그러니 사실상 클론을 실제로 본 사람은 없었다. 적어도 내 주변에서는 말이다. 그래서 그 애는 종종 섬뜩한 말을 하고는 했다. 조각조각 나뉜 몸통, 머리, 팔, 다리, 심장, 폐 따위를 자판기에서 곤충영양바를 구매하듯이 골라서 가지고 오는 식이 아니냐고. 하지만 그 애는 내게 끔찍한 상상을 잔뜩 심어주고 정작 자신은 설령 그렇다고 하더라도 별 상관 없다고 태도를 바꿨다. 매 순간 신체를 절단하거나 장기를 적출해 오는 것보다는 낫지 않으냐고 묻는데 나는 순간 대답할 말이 떠오르지 않아 입을 다물었던 기억이 난다.

보관실 문을 열면 절단된 채 밀폐 용기에 담긴 그 애가 있을지도 모르겠다는 생각이 든다. 눈을 질끈 감는다. 목이 맵고 심장이 터질 것 같아도 멈추지 않았던 다리가 갑자기 움직이지 않는다. 제대로 서지 못하고 앞으로 고꾸라진다. 앞서 가던 치유키와 마르코가 놀라며 내게 되돌아온다. 두 사람은 약속이라도 한 듯 한 팔씩 붙잡아 나를 일으킨다. 괜찮냐고 묻는 두 사람에게 나는 아무 대답도 하지 못한다. 보지 않는 편이 나을 것이다. 나는 그 장면을 소화해낼 여력이 없다.

내가 정말 거기까지만 말했었나?

그 애가 또 왔다. 눈을 뜨자 멀끔한 얼굴로 찾아온 그 애가 내 앞에 웅크려 앉아 고개 숙인 나를 올려본다.

잘 생각해봐, 내가 그렇게 말하고 정말 말을 멈췄어?

나는 그 애를 지그시 바라본다. 멀리서 발걸음 소리가 들리는데 내 환청은 아닌지, 나를 붙잡고 있던 마르코의 행동거지가 다급해진다.

잘 생각해봐, 소마. 내가 한 말. 그날 우리의 대화는 거기서 끝나지 않았어.

눈을 감고 숨을 길게 내뱉는다. 공원을 산책하던 날이었을 거야. 그 애의 옷차림이 가벼웠으니까. 나는 조각난 그 애의 신체를 떠올리다 기분이 안 좋아진 건지 그날 아침부터 좋지 않던 몸 상태 때문인지 어지럼증을 느꼈고 잠시 벤치에 앉아 있겠다고 했지. 그 애는 물을 가져오겠다며 나를 공원에 홀로 둔 채 떠났다가, 한참 뒤에 물이 담긴 머그잔을 가지고 옆에 앉았어. 그래, 그리고 뜬금없는 말을 꺼냈지. 그 애의 말을 이해하지 못하겠는 걸 나는 어지럼증 탓으로 넘겼는데, 그 애는 자신이 내뱉은 말을 정정했던 거였어.

떠올랐다고 느낀 순간, 내 앞에 웅크려 앉아 있던 그 애가 씨익 웃는다.

마르코가 붙잡고 있던 팔에 힘을 준다.

"경비원들이 오는 거 같아."

몸을 일으키며 마르코와 치유키의 손을 붙잡고 뛴다. 보관실 앞에 도착해, 치유키가 마르코에게 다급하게 묻는다.

"근데, 마르코. 너 유오의 클론 본 적 있어?"

"없어."

경비원들의 발소리가 가까이 다가온 순간 보관실 문이 열리고, 치유키와 내가 뛰어 들어간다. 그 순간 마르코를 발견한 경비원들이 마르코를 부른다.

"어이, 네가 여기 당번이야?"

마르코는 우리를 힐끔 보고는 보관실 문을 닫는다. 마르코의 천연덕스러운 목소리가 들려온다.

"잠시 들렀어요, 확인 좀 하려고요. 어디 가던 길 아니에요? 신경쓰지 말고 가던 길 가세요!"

치유키와 나는 닫힌 문을 응시하며, 혹시나 지금이라도 마르코가 문을 열고 들어오지 않을까 기대하며 뒷걸음질치지만 문은 끝내 열리지 않는다. 그러다 나는 문에 어른거리는 물의 그림자를 발견한다. 그것을 유심히 바라보다 사방이 푸른빛에 둘러싸여 있다는 것을 알아차린다. 빛이 쏟아져 나오는 곳을 향해 뒤돈다.

나는 원통 안에 잠들어 있는 수백 명의 사람을 마주한다. 나는 그 속에서 그 애의 클론을 단번에 찾아낸다.

*

원통 안에 누워 있는 너는 꼭 수영장에서 잠수중인 것 같아서 별 이질감이 없어. 너는 가끔 사람을 놀리는 데 탁월한 재능을 보였지. 잠수를 하다 죽은 것처럼 눈을 감을 때가 그랬어. 코로 내뿜던 숨도 멈춘 상태로 너는 푸른빛의 물속을 떠다녀. 잔잔한 수영장에서 홀로 해류에 휩쓸린 것처럼 말이야. 나는 네 장난에 말려들지 않으려고 노려봐. 그러다 낚아채듯이 붙잡아. 정말로 죽었을까봐 무서워하면서. 그럼 너는 가만 눈을 감은 채로 웃어. 얄밉게.

그 애의 클론은 당장이라도 그렇게 웃을 것만 같다. 두 팔을 벌려야만 끌어안을 수 있는 원통을 힘겹게 붙잡고 나는 유리에 얼굴을 바짝 붙인 채 그것을 본다. 자주 보았던 표정이다. 죽은 그 애의 표정이 낯설었을 뿐, 이 얼굴은 내게 익숙하다. 죽은 그 애의 표정은 무표정하다기보다 화난 표정에 더 가까웠다. 심술이 난 것처럼 굳게 닫힌 입술이 유독 매섭게 보였는데 이것의 표정은 내가 잘 알고 있는, 벤치에 누워 자고 있던 그 애의 표정과 다르지 않다. 내가 보았던 그 애의 마지막이 가짜 같고 이것이 진짜 같다. 유리를 툭툭, 두드리면 긴 속눈썹을 떨며 당장이라도 눈을 뜰 것만 같은.

이끼숲

하지만 치유키는 저것이 아닌 내 정신을 깨우려는 것처럼 구급상자를 찾아와 옆에 던지듯 내려놓는다. 그게 무엇이냐고 묻기도 전에 치유키가 구급상자를 열며 설명을 덧붙인다. 치유키의 말을 한마디로 요약하자면, 저것은 자가 호흡이 어려워 보인다는 것이다. 원통 밖으로 빼내려면 코에 연결된 호흡기도 제거해야 하는데 그럼 숨이 멈출지도 모른다고. 치유키는 응급 환자를 받는 의사처럼 모든 말을 빠르고 정확하게 전달하며 저것에게 끼울 산소호흡기에 산소통을 연결하고 원통을 열 준비를 마친다. 나는 얼떨결에 조수처럼 치유키의 옆에 앉아 원통 잠금 해제 버튼 위에 손을 올린다. 그러다 불현듯 묻는다.

"문을 열자마자 눈을 뜰까?"

치유키는 입을 씰룩이며 짧게 고민한다.

"열어보기 전까지는 모르지."

하나, 둘, 셋을 외치면서 우리는 힘을 합쳐 꽉 맞물린 유리 덮개를 들어올린다. 틈이 벌어지고 푸른 액체가 콸콸 쏟아져 나오는 것을 보자마자 우리는 순서가 틀렸다는 걸 깨닫지만 다시 닫을 여유 따위는 없다. 두께가 족히 삼 센티미터는 되어 보이는 유리 덮개를 있는 힘껏 밀어 올리자 어느 기점에서 덮개가 스스로 홀랑 뒤로 넘어간다. 다행히 깨지지 않고 둔탁하게 바닥에 닿는다. 치유키는 숨을 고를 틈도 없이 침착하게 저것에게 연결된 호흡기를 제거하고 휴대용 호흡기를 달아준다. 치유키의 말처럼 저것은 호흡기를 뗀 그 짧은 순간조차도 제대로 숨을 쉬지 못한다는 걸 확인한다. 마르코가 틀렸다. 저것은 숨쉬는 껍데기가 아니다. 숨조차 쉬지 못하는 껍데기다.

치유키가 저것을 업으려고 하기에 내가 다급히 말린다.

"내가 업어."

"너는 지금 체력이……"

"아냐, 내가 업어."

부드러운 팔을 붙잡아 내 어깨에 두른다. 살갗이 너무 고와서 조금이라도 세게 만지면 으깨질 것만 같아 두렵다. 치유키는 내 고집을 꺾을 마음이 없는지, 숨을 내뱉으며 업을 수 있도록 도와준다.

"힘들면 나한테 바로 넘겨."

그럴 리 없겠지만, 나는 일단 그렇게 하겠다고 대답한다. 축축하게 젖어 있던 그것의 머리카락이 어깨에 닿아 옷이 젖는다. 어깨뿐만 아니라 그것의 살이 닿은 모든 곳이 젖고 있다.

씨앗 저장고로 가려면 보관실을 빠져나가 곧장 계속 달려가야 한다. 치유키와 보관실 출입문에 붙어 바깥의 기척을 살핀다. 조용하다. 마르코의 숨소리조차 들리지 않는다. 치유키가 시간을 확인한다. 치유키는 또다시 숫자를 센다. 의주와 약속한 시각까지. 치유키와 눈을 맞추고 서로 고개를 끄덕인다. 열림 버튼을 누르고, 문이 열림과 동시에 달려나간다. 나는 복도에서 붉은빛을 깜빡이며 움직이고 있는 감시 카메라를 본다. 알면서도 달린다. 약속한 대로 이곳을 탈출하는 것 외에 할 수 있는 것은 아무것도 없으므로. 뛸 때마다 그것의 손이 눈앞에서 흔들린다. 손가락에 난 점까지 똑같다.

*

유오, 내가 만일 사람들에게 우리의 이야기를 들려준다면 이쯤에서 그들은 내가 너를 업고 무사히 지하 도시를 탈출했는지를 궁금해할 거야. 어떤 것보다 그걸 가장 궁금해할 거라는 걸 알아. 아주 간혹 남은 친구들이 어떻게 됐는지를 먼저 묻는 친절한 사람도 있겠지. 그렇다고 그걸 묻지 않는 사람들이 친절하지 않다는 건 아니고. 그럼 나는 네 이야기를 더 하고 싶은 마음을 애써 누르고 정신재활원 직원들을 따돌리며 치유키와 씨앗 저장고까지 달려간 이야기를 꺼내겠지. 나는 이렇게 말할 거야. 이제 다시는 누구를 업고 달리는 짓 따위는 하지 않을 거라고. 그게 쫓기는 상황이라면 더더욱. 물에 젖은 솜처럼 축 늘어진 너를 업고 그들을 따돌리며 뛰는 건 두 번 다시 하고 싶지 않아. 치유키는 게이트를 통과할 때마다 비상 차단기를 내렸지만 그건 시간을 조금 벌어주었을 뿐 완벽히 그들을 따돌릴 순 없었어. 지하 도시를 빠져나가지 않는 이상 반드시 어느 순간 우리는 막다른 길을 만날 테니까. 그들도 그렇게 생각했는지 우리를 쫓는 걸음이 다급하지는 않았어. 그나마 다행이었어. 아마 비슷한 이유로 연구소에서 클론을 빼냈다는 걸 알면서도 우리에게 추격대를 붙이지 않았을 거야. 그 클론은 곧 폐기될 클론이었고 클론을 데리고 도망갈 곳이라고는 뻔하다고 생각했을 테니까.

우리가 고작해야 잠깐의 일탈을 맛보는 정도에서 멈출 거라 생각했겠지. 확신했을 거고. 어쩌면 그들의 생각이 맞을지도 모르겠어. 우리는 아무것도 바꾸지 못했잖아. 어쨌거나 치유키와 나는 씨앗 저장고가 있는 구역까지 함께 왔고, 톨가가 준 카드키로 문을 열고 들어오자마자 동시에 엎어졌어. 너는, 그러니까 너로 만든 너는 그대로 앞으로 내던져졌지. 죽었을까봐 놀라 고개를 드니, 그것은 옆으로 누운 채 가만히 숨을 쉬고 있었어. 뿌옇게 흐려지기를 반복하는 산소호흡기를 통해 알았지. 그 모습을 보고 있자니, 저 정도 충격이면 눈을 뜰 법도 한데 얄궂다는 마음이 들더라고. 그때였을 거야. 비상 경고음이 울리기 시작한 게. 붉은빛이 저장고를 휘감자, 어디선가 철컥철컥하는 무거운 소리가 들렸어. 씨앗이 저장된 금고들이 자동으로 닫히는 소리라는 걸 그때는 몰랐어. 치유키와 나는 우리를 잡으러 온 추격대가 문밖에서 발포를 준비하는 소리라고 생각했지. 다리에 힘이 들어오지 않아서 나는 기어가 너를 다시 업었어. 늘어진 팔을 어깨에 올리고 다리를 일으키려고 하다 몇 번이고 뒤로 나자빠졌지. 치유키한테 도와달라고, 내 손 좀 잡아달라고 말하려고 고개를 돌렸는데 치유키가 문손잡이를 꽉 붙잡은 채 나를 보고 있었어.

'문이 안 잠겨, 소마. 경고음 때문인가봐. 잠금 기능을 잃은 거 같아. 손을 떼면 바로 열릴 거야. 내가 붙잡고 있을게. 빨리 돔으로 가는 승강기를 타. 내가 꽉 붙잡고 있을 테니까 걱정하지 말고.'

유오, 너는 친구들이 어떻게 됐을 거라고 생각해? 연구소 전력을 순차적으로 껐던 의주는 붙잡혔을까? 경비원들을 따돌린 마르코가 안전하게 연구소를 빠져나갔다고 해도 결국 금방 탄로 났을 거야. 저장고의 카드키 인식 기록을 보고 톨가가 비상용 카드키를 넘겨주었다는 것도 알았겠지. 그리고 치유키는 우리를 태운 승강기의 문이 닫히던 그 찰나에 추격대를 마주했어. 조준기의 붉은빛이 치유키의 몸 구석구석에 닿은 것을 본 순간 문이 완전히 닫혔어. 그리고 아주 빠르게 돔을 향해 올라갔지. 의주에게도, 마르코와 톨가에게도 그 붉은빛이 향했을까? 우리가 나란히 누워 바라보던 우주의 별처럼 촘촘하게 친구들의 몸으로 빛이 쏟아졌을까? 나는 그 생각을 하는 것만으로도 몸이 파르르 떨렸는데 친구들은 떨지 않았을까? 하지만 유오, 나는 친구들에게 별일이 발생하지 않았을 걸 알아. 겁을 조금 주고 집에 돌려보냈을 거야. 그래야만 해. 위험하다는 걸 알면서도 직원들에게 철수 명령을 내리지 않은 너의 책임 매니저도 그냥 집에 돌아갔는데, 어떻게 친구들이 벌을 받겠어? 우리는 아무도 죽이지 않고, 누구도 다치게 하지 않았는걸. 나는 목구멍까지 차오르는 비명을 애써 눌러 삼키며 버텼는데 너는, 그러니까 너로 만든 너는 등 위에서 새근새근 숨을 쉴 뿐이었어. 때마침 B1층에 도착하지 않았다면, 어쩌면 나는 너를 그대로 내동댕이치고 친구들에게 돌아갔을지도 모르겠다.

나는 돔에 도착해서 내려가지 못했던 거야. 문이 열린 순간 거짓말처럼 너무도 쉽게 돔의 숲을 봤어. 소문으로만 떠돌아다니던 돔이 어이없을 정도로 허무하게 내게 모습을 들킨 거야. 비록 식물이 전부 죽어 있었지만 말이야.

그리고 그녀를 만났어.

이 지하 도시의 위원장, 돔의 주인. 그녀는 나를 지그시 바라보다 너를 왜 데리고 왔느냐고 물었지. 다 알면서도 묻는 거였어. 정말 몰랐다면, 나와 네가 누구인지부터 물었을 거야. 그래서 나는 굳이 대답하지 않았어. 내 마음을 재단당하고 싶지 않았으니까.

유오, 그리움은 가끔 변명이 돼. 그걸 잊으면 안 돼.

*

그녀는 고사목 같다. 고사목이라는 단어는 그 애가 알려주었다. 바싹 비틀려 죽은 메마른 나무를 지칭하는 용어로, 연필심을 꾹 눌러 그린 나무 같은 모습이라 했다. 그녀의 뒤로 보이는 검게 마른 나무가 고사목이 맞는다면, 그녀는 정말 고사목 같다. 바짝 마른 가죽 위로 뼈와 핏줄이 울퉁불퉁하게 불거져 나온 팔은 저 나뭇가지 같았고, 나를 응시하는 생기 없는 눈은 나무껍질에 새겨진 옹이와 닮았다. 그녀의 흰 셔츠 소매 끝자락에는 거뭇거뭇한 얼룩이 묻어 있었다. 나는 그제야 뒤쪽 화단에 꽂힌 조그만 삽과 흙이 담긴 화분을 발견한다. 흙 위로 싹이 돋아 있다. 저 작은 싹이 자라 큰 잎사귀를 가지게 될 거라는 게 도무지 상상되지 않는다. 사람의 콧바람만으로도 쉽게 꺾일 것만 같다. 그것은 도저히 강해 보이지 않았다. 한때 지구의 한 시대를 저물게 할 정도로 위력이 대단하기는커녕 지하 도시 공원에 심어진 인조 식물보다도 연약해 보인다. 내 시선을 알아차린 그녀가 도로 화단 앞에 앉는다. 셔츠 소매를 팔꿈치까지 걷어올리고 반쯤 풀어진 머리카락도 단단히 묶는다.

"매번 심는데 죽더라고."

멀지 않은 화단에 쌓여 있는 화분들이 보인다. 전부 속이 텅 비어 있다. 그녀가 삽으로 땅을 파며 묻는다.

"이유를 좀 아니?"

나는 소리 없이 고개만 젓는다. 그녀는 얼굴을 숙이고 있어 내가 보이지 않을 텐데, 마치 또 다른 눈이라도 달린 것처럼 끄덕인다.

"그걸 아는 인간은 여기 없겠지. 있을 리가 없지."

어깨가 무겁다. 너무 무거워서 나도 저 화분처럼 땅에 박힐 것만 같다. 돔에는 소문 속의 숲이 없고, 이것은 눈을 뜨지도 않는다. 더럭 모든 것이 서러워지려 한다. 그녀는 묵묵히 땅을 파며 말을 잇는다.

"왜 데리고 왔느냐고, 괜히 물었네. 친구였겠지. 아니면 사랑했거나. 그러니 무모해진 거겠지."

손목이 들어갈 정도로 땅을 판 그녀는 삽을 내려놓고 화분을 쥔다. 흔들리는 잎. 말랑말랑한 화분을 이리저리 만져 그 안에서 화분 모양으로 굳은 흙을 쏙 빼낸다. 그것을 심고, 도로 흙으로 덮는다. 이번에는 손으로 땅을 두드린다. 세지 않게, 빠르지 않게, 매몰차지 않게. 그 손길은 치유키와 닮았다. 키머러와도 닮았고, 의주나 톨가, 그리고 마르코와도 닮았다. 나를 안아주고 등을 두드려주던, 내가 아플까봐 세게 두드리지는 못하던 그 손들과 닮았다.

이마에서 흐른 땀이 볼을 타고 흘러 턱에서 떨어진다. 이곳은 덥고 습하다. 그 애의 말에 따르면 돔은 아열대 기후에 맞춰져 있다고 했는데, 아열대 기후는 사람이 살 만한 곳이 아닌 듯했다. 숨을 쉴 때마다 코점막에 물이 차는 느낌이 썩 좋지 않다. 싹을 다 옮겨 심은 그녀가 자리에서 일어난다. 검게 죽은 식물들 속에서 손톱만한 저 새싹은 너무 초라하고 동시에 가장 화려하다.

"기대했던 곳이 아니라 실망스러워 우는 모양이구나."

내가 울고 있던가? 이건 눈물이 아니라 땀일 텐데.

"이 모습을 본 누구라도 그러겠지. 실망하고, 절망하고, 분노하다 공허해지지. 그래서 온실은 누구에게도 보여주지 않아. 머릿속의 울창한 숲으로 남겨두는 게 더 낫지. 그렇지 않니?"

울창한 숲을 품고 살았던 적이 없어 모른다. 실망과 절망은 기대에 부응하므로 이런 질문은 내가 아닌 그 애에게 물어야 한다. 업고 있는 이것을 흔들어 깨워 묻고 싶음과 동시에 이것에게도 잿빛 돔을 보여주고 싶지 않다는 마음이 공존한다. 꿈을 꾸며 죽은 그 애가 다행이다.

"살리려고 노력하는데 잘 안 돼. 이미 때가 지난 거지."

승강기 문 열리는 소리에 화들짝 놀라 뒤를 돌아본다. 승강기는 아무도 태우지 않은 채 문이 열렸다가 도로 닫힌다.

"걱정하지 마. 아무도 안 와. 내가 오지 말라고 했으니까."

그녀는 화단과 화단 사이에 마련된 테이블로 향한다. 나무로 만들어진 원형 테이블 앞에는 의자 두 개가 놓여 있다. 커다란 차양이 인공 태양빛을 막아주고 있었다. 그녀가 의자에 앉으며 남은 의자를 가리킨다.

"네가 앉거나 업고 있는 걔를 눕히거나 해. 오래 못 버티고 쓰러지겠어, 그러다."

나는 대답 대신 이것을 고쳐 업는다. 추격대가 올라오지 않는다는 말은 전혀 좋은 뜻이 아니다. 그 말에 추격대가 굳이 다급하게 나를 쫓아올 이유가 없다는 의미가 포함되어 있다는 것쯤은 나도 안다.

"돔을 오고자 했던 건 걔의 꿈이었던 거지? 걔의 본체 인간은 왜 죽었지?"

흙더미에 깔려 죽었다고 말한다. 그 애의 죽음을 그것보다 더 명확하게 표현할 수 있는 문장은 없다. 결국 그 애의 죽음은 그렇게 한 줄로 남을 것이다. 8월 17일 13시 11분 23초경 T7-033구역 지반 붕괴로 노동자 한 명 사망. 그 줄에는 그 애의 이름도, 그 애의 삶도, 그 애가 알고 있던 식물에 관한 지식도, 그 애의 그날 저녁 약속도 담기지 않는다. 그런 것의 집합이 그 애이지만 죽음은 간략하고 명료하다. 멀리서 보면, 별것 아닌 한 줄이 된다. 그 애를 사랑했던 사람만이 그 한 줄을 뜯어 먹고 살 것이다. 글자와 글자 사이, 선과 선 사이에 촘촘히 박힌 삶을 그리워하면서.

그녀는 내게 질문을 던져놓고 곧장 문서를 확인한다. 그곳에 적힌 한 줄을 읽으며 모든 걸 다 알겠다는 듯이 고개를 끄덕인다.

"억울하니 슬프겠어. 안타깝고, 안됐어. 너는 그래서 울고 있구나."

그녀는 내 땀을 눈물이라 착각하고 있다.

"하지만 안타깝지 않은 죽음은 거의 없지. 이곳에서의 죽음은 더더욱. 도시의 유지를 위해 모두가 삶의 반을 노동에 쏟아. 삶을 위해 삶을 버리는 거야. 평생 쳇바퀴 속에서 달리는 거지. 쳇바퀴를 멈출 수 있는 수단은 죽음뿐이야. 원래는 지구의 유기체가 하던 일을 이제 인간이 하는 거란다. 불씨가 꺼지지 않게 계속 돌려야만 해. 그럼 죽음을 이렇게 생각할 수도 있지 않겠니? 쳇바퀴를 벗어나 자유로 나가는 일. 어때? 좀 부러워지지 않니?"

그녀의 말은 도통 이해하기가 힘들다. 그녀는 허공을 바라보며 이야기하다 혼자 실소를 터뜨렸고, 말미에는 환히 웃으며 되물었다. 내 대답을 기다리는 그녀의 표정은 천진하기만 하고 나는 끝내 입을 열지 않는다. 그녀의 표정이 단번에 어두워진다.

"유별난 건 별로야."

그녀가 자리를 박차고 일어난다. 의자가 나뒹굴지만 상관 않고 갑자기 목소리를 높인다.

"다 유별나게 억울하고 슬프면 도대체 일은 누가 해? 언제 일을 하느냐고!"

어깨에 걸쳐 있던 그것의 손이 밑으로 떨어진다. 고쳐 업으려고 무릎을 굽힌 순간 다리에 힘이 풀리고 만다. 그대로 그것과 바닥에 엎어졌는데 그녀는 우리를 본 체도 하지 않고 자신의 분노에 몰두한다. 나는 아무렇지 않게 그것을 업으려다, 그것의 미간이 구겨진 것을 본다. 처음부터 인상을 쓰고 있었나.

"여기는 다 똑같아. 다 균일하게 태어난다고. 누가 더 불행하고 불리한 것 없이 같은 수준의 삶을 사는데 어떻게 더 억울할 수 있겠어? 나는 그런 엄살이 정말 싫어. 슬프다고 핑계대며 남에게 피해를 주는 건 딱 질색이야. 그런 사람에게는 무엇보다 정신재활이 필요하지. 자기 연민으로부터 벗어날 수 있도록 교육을 시켜야 하지."

그것의 미간이 꾸물거리는 것을 보고 저 소리를 듣기 싫어하고 있음을 깨닫는다. 듣기 싫은 말을 들을 때면 참지 못하고 꼭 얼굴로 티를 내던 그 애와 닮았다. 같다고 해야 하나. 구분할 수 없을 정도로 닮은 것은 결국 같은 것일까. 그런 생각을 하며 그것을 도로 업는다. 다리가 떨리고, 몸이 휘청이고, 순간적으로 시야가 흐려졌으나 곧 괜찮아진다. 따뜻한 물로 몸을 씻고, 수건으로 머리카락을 돌돌 말아 올린 뒤 냉장고에 있던 것들을 전부 꺼내 입에 넣고 싶다. 윗배가 빵빵하게 불러 숨쉬기도 힘들 즈음 침대에 누워 다리로 이불을 감싸고 눈을 감고 싶다. 낮인지 밤인지 구분할 필요도 없이 늘어지게 잠을 자고 싶다. 하지만 이 말이 돌아가고 싶다는 뜻은 아니다. 나는 방금 말한 것들이 간절했지만, 내 방으로 돌아가고 싶지는 않다. 이곳은 내가 있을 수 있는 곳이 아니다. 나는 여전히 그 애를 잃은 슬픔이 유별나다. 분하고 억울하다.

슬픔이 유별나도 되는 곳으로 가고 싶다.

나는 그것을 업은 채 그녀에게 다가간다. 분노에 몰두하던 그녀가 그제야 고개를 돌린다.

"어머, 가게?"

고개를 끄덕이고.

"숲이 필요해."

친구들과의 약속이 있지 않은가. 업고 있는 것에게 식물을 보여주어야 한다. 그녀는 흥미로운 표정으로 나를 위아래로 훑는다. 그러다 처음 만났을 때의 평온한 얼굴을 한다.

"지상으로 가는 계단은 저기 있어."

온실 끝을 손가락으로 가리킨다. 그곳에 '출구'라 쓰여 있는 안내판과 함께 어두컴컴한 계단이 보인다.

"저 계단을 걸어 올라가면 마지막 문이 나와. 문은 잠금 버튼을 돌리고 밀면 열려."

"너무 간단한데."

"그럼. 간단하지. 어려울 필요가 없거든. 그 문을 열고 나간다는 건 저승문을 열고 들어가는 것과 다르지 않거든. 너 이름이 뭐니?"

"소마."

나는 곧바로 입을 연다.

"그리고 얘 이름은 유오."

그녀의 시선이 내 어깨에 기대고 있는 유오의 얼굴에 닿는다.

"건설 회사에서 일했어. 땅을 파다보면 가끔 나무의 뿌리를 만난다는 말을 들어서 그 직업을 택했지. 운동을 즐기는 건 아니었지만 기초 체력은 꽤 괜찮았어. 쉬는 날 아침이면 늘 조깅을 했고 그다음에는 식물이 잔뜩 나오는 책을 읽었지. 식물을 좋아했거든, 무척이나."

"돔을 궁금해했겠어. 직접 봤으면 실망했겠는걸?"

"왜 이렇게 됐는지 알아내고 싶어했겠지. 그뿐이야."

그 애는 실망하지 않았을 것이다. 이건 내가 확신할 수 있다. 그 애가 검게 변한 돔을 봤다면 어떤 것이 식물의 생장에 영향을 끼쳤는지 분석한 뒤 새로 태어날 식물들을 위해 조건을 바꾸었을 것이다. 그때는 더 오래 살 수 있도록.

그녀에게 묻는다.

"밖으로 나간다면 붙잡겠지?"

"아니. 밖으로 안 나간다면 붙잡을 거야. 밖으로 나간 너희를 굳이 쫓을 필요가 없으니까."

밖을 나가면 죽는다는 말이로구나. 어떤 이유로 저 밖은 아직도 인간을 품지 않는다는 것이구나.

"하지만 나라면 나가지 않고 잡히겠어. 이곳에서 받는 벌이야 기껏해야 정신재활이잖아? 그건 효과가 정말 좋아. 새 사람으로 만들어주지. 편안한 상태에서 지냈던 예전으로 돌아가고 싶지 않니? 네 친구들도 있고 말이야. 물론 네 친구들은 정신재활까지 받을 필요는 없어. 단체로 우르르 받고 그러면 사람들 사이에서 이상한 말이 돌거든. 사회의 평화를 유지하기 위해서는 적당한 강약 조절이 필요하지. 다들 아무 일도 없었던 것처럼, 어제와 다를 바 없이 지낸다고 약속만 해주면 그만이야. 어때, 너그럽지?"

그녀는 말을 멈췄다가 곧장 다시 잇는다.

"근데 그건 없어지겠지."

턱으로 그것을 가리킨다.

"그건 원래 폐기되어야 하는 거니까."

"그렇다면 역시 나가야겠어."

이것에게 숲을 보여줘야겠다는 마음이 그녀의 말을 들을수록 확고해진다. 그녀의 표정이 일그러진다. 내 선택을 못마땅해하고 있다. 하지만 그뿐이다. 그녀는 금방 표정을 풀고 몸을 비켜 길을 내어준다. 머리카락을 쓸어넘기는 몸짓에서는 이제 귀찮음이 느껴진다.

"하지만 그건 알아둬. 나간다면 이곳에서 네 이름을 삭제할 거야. 이름뿐만 아니라 네가 존재했었다는 모든 증거를 다

없앨 거야. 네가 밖으로 나갔다는 이야기가 돌아서 사람들을 싱숭생숭하게 할 순 없잖니. 그래서 애초에 존재하지 않았던 사람으로 만들 건데, 괜찮니? 네 표정을 보아하니 내 말을 못 믿는 표정이네. 고작 흔적을 지운다고 사람이 하루아침에 없던 존재가 될 수 있는지 묻고 싶은 거지? 되고말고. 사람은 원래 그렇게 잊히는 거란다."

세상에 없던 존재가 되는 건 두렵지 않은데 친구들마저 나를 잊을까, 그건 좀 무섭다. 하지만 아무리 생각해도 친구들이 나를 잊을 것 같지 않다. 만에 하나 잊는다고 하더라도 상관없지 않은가? 내가 기억하고 있으면 그만인 것을.

"상관없어. 나가야겠어."

"숲을 찾는다고 했지?"

고개를 끄덕인다.

"밖으로 나가면 저멀리 거대한 벽이 보일 거야. 그곳으로 걸어가. 거기까지 죽지 않고 살아서 걸어갈 수 있다면 숲을 볼 수 있을 거야."

나는 그녀를 지나쳐 출구를 향해 걸어간다. 뒤늦게 마음이 바뀐 그녀가 돌연 붙잡아오지 않을까 걱정했지만 내가 컴컴한 계단에 발을 올릴 때까지 아무 일도 일어나지 않았다. 고개를 들어 계단의 끝을 확인하려 하지만 보이지 않는다. 컴컴한 어둠이 계속될 뿐이다. 나는 후욱, 숨을 내뱉고 계단을 밟아 올라간다. 허무함이 발목에 매달렸다가 떨어지기를 반복한다. 나는 그것을 떨어뜨리려고 일부러 세게 발을 내디딘다. 어둠 속에서 내 발소리만 크게 울린다.

나는 잠시 걸음을 멈추고 숨을 몰아쉰다. 머리가 어지러워 숨을 천천히 내뱉지만 그럴수록 어지럼증이 더 심해진다.

그러다 넘어지겠어.

그 애가 옆에 서서 걱정스러운 얼굴로 나를 본다.

여기서 넘어지면 죽어, 조심해.

그 말을 듣자 허탈함에 웃음이 터진다. 그 말은 언제나 내가 건네던 말이다. 나한테 말을 거는 그 애가 진짜 그 애는 아니지만, 어쨌거나 그 애의 목소리로 듣고 나니 내가 했던 조심하란 말이 얼마나 부질없는 부탁이었는지를 깨닫는다. 무너지는 흙더미 속에서 내 부탁을 들어주지 못해 미안함을 느끼진 않았을지 걱정된다.

이게 정말 나라고 생각해?

어차피 너도 그 애는 아니지 않은가. 그렇게 따지면 내가 만들어낸 너보다는 그 애를 본떠 만든 것이 더 그 애와 가깝지 않은가.

고작 이따위 것한테 숲을 보여준다며 나가느니 돌아가는

게 낫다고 생각해. 위원장이 그랬잖아. 별일 없이 넘어갈 거라고. 그러니까 돌아가.

나는 그 애의 말을 무시하고 걷는다.

그건 어차피 내가 아니잖아. 숲을 보여줘봤자 무슨 소용이야? 나는 이미 죽었는데. 그러니까 돌아가.

사라지라고 소리를 지른다. 침대에 누워, 보고 싶다고 내내 생각했던 동안에는 나타나지 않다가 왜 이제와 그런 소리를 하느냐고 악을 쓴다. 그 말들은 내가 몰랐던 나의 무의식처럼 느껴져 징그럽다. 계단에 메아리처럼 퍼지던 내 목소리가 잠잠해졌을 즈음 나는 그 애를 두고 묵묵히 걸어 올라간다.

네가 살았으면 좋겠어.

저 멀리서 바람 소리가 들려온다.

제발 나 좀 잊고 살았으면 좋겠어. 아무렇지 않게.

나라면 절대로 하지 않았을 생각을, 그 애가 말한다.

나를 잊고 마냥 행복할 수는 없어?

그럴 방법은 없다. 드문드문 행복은 느낄 수 있을지 몰라도 잊을 수 없고, 잊을 수 없다면 마냥 행복할 수 없다. 내가 행복할 방법은 딱 하나다. 애초에 그 애가 죽지 않는 것.

바람 소리가 점점 커지며 희미한 빛이 보인다. 직사각형 문의 테두리로 빛이 스며 들어오고 있는 것이 보인다. 내게 아직 힘이 남아 있다는 사실에 놀라며 계단을 마저 오른다. 그리고 문 앞에 도착한다. 그녀의 말처럼 문에는 돌리면 그만인 잠금장치 하나뿐이었다. 잠금장치를 돌린다.

식물은 죽지 않아, 소마.

그 애의 말에 나는 또다시 이상함을 느낀다. 나에게 해준 적 없던 말이다.

끊임없이 순환하며 새 모습으로 계속 재탄생해. 하지만 그건 식물에만 국한된 것이 아니라, 이 행성의 시스템이야. 모든 생명은 탄생과 죽음을 반복하고 그 과정에서 자신의 삶을 씨앗처럼 뿌린다는 걸, 비록 나는 없더라도 내 삶은 이 행성 전체에 퍼져 다른 생명을 꽃피우게 한다는 걸 잊지 마. 미안해. 내가 너한테 해줄 수 있는 게 이런 말뿐이야. 그래도 기억해줘. 이 말을 너한테 꼭 해주고 싶었어. 흙이 무너지던 순간에 말이야.

다급하게 고개를 돌린다. 조금 전까지 이곳에 있던 그 애가 보이지 않는다. 주위를 둘러보지만 내가 걸어온 길은 컴컴한 어둠뿐이다. 그 애를 불러보지만 대답 대신 숨소리가 들린다. 산소호흡기에 뿌연 숨을 내뱉는 그것의 숨소리다. 문틈으로 빛과 함께 새어 들어온 바람이 가지런한 그것의 머리카락 한 가닥을 흔든다. 빛에 닿은 그것의 이마가 백사장처럼 빛나고 있다. 그것의 미간이 구겨진다. 빛과 바람이 간지럽다는 듯이.

아직 나는 지구의 시스템을 이해할 수 없고, 내가 없는 곳에서 난파되어 사는 너를 생각하며 꿋꿋하게 살아가는 건 힘들다. 너에게 숲을 보여준다면 조금 가능할 것도 같아서, 방금까지 나에게 말을 걸던 것이 세상에 흩어진 무수히 많은 너 중하나라고 생각한다면 내게 업힌 이것이 더욱 너처럼 느껴져서, 낡은 쇠문을 밀어 연다. 힘없이 열린 문이 덜컥 멈추고 우리 앞에는 저멀리 거대한 벽과 평평한 땅을 전부 뒤덮은 이끼가 나타난다. 땅에서 안개인가, 수증기인가 아무튼 그런 뿌연 연기가 솟구쳐 올라오고 있다. 끊임없이. 그때 등에 업힌 그것의 손가락이 움찔거린다. 꼭 가라는 것 같다.

저곳으로.

*

연기가 자욱하다. 지하 도시에서 내뿜는 수증기가 계속 땅에서 솟아오른다. 한 발을 내디뎠다가 떼며 밟힌 이끼를 본다. 움푹 들어간 이끼는 스펀지처럼 다시 부풀어올라 원래의 형태로 돌아간다. 내게 밟혀 죽지 않는다는 것을 확인한 뒤로는 비교적 편하게 걷는다. 저멀리 보이는 거대한 벽을 제외하고 지평선 끝까지 이끼로 뒤덮인 대지뿐이다. 맨발로 걷고 싶지만, 그 애가 야생의 식물은 독성을 가지고 있으므로 조심해야 한다고 했기에 참기로 한다. 스크린으로 보았던 하늘보다 실제 하늘은 더 선명하고 입체적이다. 숨은 쉴 수 있지만 아까부터 머리가 어지럽다. 드물게 기침이 터진다. 이런 증상 외에는 아무것도 없다. 나를 노리는 짐승도, 마시면 바로 죽는 가스도, 모든 걸 쓸어가는 폭풍도 없다. 평온하고 고요하다. 내게 업힌 그것은 아직도 반응 없이 숨만 쉬고 있다. 하지만 그거면 된다. 숨만 쉬고 있다면, 살아만 있다면……

　한참을 걷다 뒤돈다. 지하 도시를 빠져나온 출구가 보이지 않는다. 땅을 본다. 내 발밑에 거대한 도시가 있다고 믿어지지 않는다. 발등을 기어가는 벌레를 발견한 건 그때다. 벌레를 만져보고 싶지만 업혀 있는 그것 때문에 손을 뻗을 수도, 무릎을 굽힐 수도 없다. 그래서 벌레가 지나가는 것을 보고만 있다. 흰 거미와 다르게 이 벌레는 외피가 검고 단단해 햇빛을 반사할 정도다. 아름답고 신비롭다. 저토록 반짝이는 외피를 가진 벌레가 있다는 것이. 벌레는 내 발등 가운데에서 잠시 움직임을 멈춘다. 이 벌레는 땅 밑에 있는 지하 도시를 알까? 몇천 년이 더 흐른 뒤, 새로운 지적 생명체가 지구의 주인이 된다면 언젠가 땅 밑의 지하 도시를 발견할 수도 있겠으나 그

때까지 도시가 유지될지는 알 수 없다. 그런 쓸데없는 생각을 할 즈음, 벌레가 발밑으로 떨어지고 나는 그제야 걸음을 옮긴다. 천천히 벽을 향해 걸어간다. 벽은 하늘에 닿을 만큼 높다. 끝이 보이지 않는다. 어쩌면 저게 세상의 끝일지도 모르겠다.

희한한 건 더이상 힘들지 않다는 사실이다. 배고픔도 느껴지지 않고, 숨이 차지도 않는다. 기침과 어지럼증은 여전하지만 몸이 가벼워진다. 끊임없이 걷다보면 어느 순간 하늘로 떠오를 것 같은 기분이다. 몸이 편안해서 졸음이 쏟아질 정도다. 나는 무거워진 눈꺼풀에 힘을 주며 앞을 주시한다. 그간 잘 먹지는 못했어도 잠은 실컷 잤는데 이상한 일이다. 자는 게 지겨워질 때까지 누워 있기만 했는데. 졸음을 쫓기 위해 누군가의 얼굴을 떠올리면 친구들이거나 그 애뿐이다. 도로 생각을 멈춘다. 아무 생각도 하지 않는다. 오로지 앞만 응시하며 걷는다.

해가 저물고 있다는 것을 길어진 그림자로 깨닫는다. 내 발치에 머물던 그림자가 어느새 내 키보다 훨씬 길어져 있다. 뒤를 돌자 지평선에 태양이 걸려 있다. 엎어둔 밥그릇처럼 생겼다. 태양이 지나간 자리에는 달이 떠 있다. 둥근 달이다. 저걸 뭐라고 했더라. 모양에 따라 부르는 이름이 달랐던 기억이 나는데. 아무리 노력해도 떠오르지 않는다. 하긴 달을 보지 않고 사는 사람이 그 이름을 외울 턱이 있나.

이끼가 빛난다.

주변이 어두워졌고, 이끼는 야광 물질을 뿌려놓은 것처럼 푸르다. 예쁘다고 느껴, 그것이 봤으면 좋겠다고 생각하지만 그것은 지금도 눈을 감고 있다. 산소호흡기에 의존해 숨만 쉬고 있다. 발치에 빛나고 있는 이끼를 보다 고개를 든다. 하늘을 가로지르는 별의 무리를 본다. 친구들과 누워 바라보던 스크린 속 밤하늘보다 훨씬 찬란하다. 하늘이 천장이라면 별의 무게에 당장이라도 찢어질 것만 같다.

"저걸 봐."

나도 모르게 입을 연다.

"눈을 떠서 저걸 봐봐, 제발."

이런 광경을 눈앞에 두고 자고 있는 사람이 어디 있느냐고 화를 내고 싶다. 정 눈뜰 생각이 없다면 그 애라도 다시 와주었으면 좋겠다는 생각도 한다. 하지만 둘 중 어느 것도 이루어지지 않는다. 나는 화를 내지 못하고, 출구로 나온 이후부터 그 애는 나타나지 않는다.

톨가에게 말해주고 싶다. 별은 진짜 있어. 인간은 별 아래에서 살았어. 별은 해가 지기를 기다리고 있다가 달이 뜨면 아주 찬란하게 빛나. 밤하늘을 보지 않고, 저토록 찬란하게 빛나는 별을 두고 전쟁을 일으킨 인간들이 이상한 게 맞아.

더는 걸을 수 없어 자리에 주저앉는다. 그것을 옆에 가지런히 눕히고 나는 다리를 끌어안는다. 어떤 것이 우리를 위협할지 모르니 잠은 참기로 한다. 졸음을 참으며 밤하늘을 바라본다. 나는 이끼 위에 머리를 맞댄 채 둥글게 누워 밤하늘을 보는 우리를 속절없이 상상하고 만다. 하늘도 빛나고 땅도 빛난다. 지구는 빛나는 것투성이다.

별은 해가 뜰 즈음 하나둘씩 모습을 감췄고 나는 그렇게 또 반나절을 걸은 후 벽 앞에 선다. 그때 벽이 아주 높은 나무인 것을 안다.

*

이것은 벽이 아니고 거대한 나무다. 그리고 이곳은 숲의 시작점이다. 나무 사이사이로 들어온 빛이 숲을 비춘다. 내 몸보다 거대한 잎이 있고 지상으로 올라온 뿌리는 내 키보다 높다. 그리고 나무를 감싼 이끼가 보인다. 나무가 전부 초록 옷을 입은 것 같다. 부드럽고 따뜻해 보인다. 어떤 것이 있는지 알 수 없는 숲을 노려본다. 짐승이 나타나지 않을까. 곰이나 호랑이, 하이에나나 코끼리 같은 것들. 짐승의 유전자 속에 인간을 피해야 한다는 경고가 박혀 있을지도 몰라. 반대로 인간을 만나면 그 자리에서 바로 죽여야 한다는 정보가 있으면 큰일이지만.

"……들어가도 될까?"

그것에게 묻지만 대답은 기대하지 않는다. 나는 숨을 힘차게 들이마시고 적당한 높이의 뿌리에 발을 얹는다.

나는 그녀의 말을 곱씹는다. 숲까지 죽지 않고 걸어왔다. 오는 동안 발등을 기어가는 벌레 한 마리 외에 다른 것은 보지 못했다. 태풍이 불지도, 뇌우가 치지도, 모래바람이 불지도 않았다. 그녀는 지상의 상황을 알고 있었을 텐데 왜 그런 말을 했을까. 어쩌면 그녀는 이끼를 한 번도 밟아본 적 없을지도 모른다. 그 벽이 나무인지도 몰랐던 거지. 벽 뒤에 숲이 있다는 건 소리로 알았을 거야. 바람이 불면 이토록 커다란 잎이 스치는 소리가 반드시 들렸을 테니까. 아니, 그녀도 밤이 되면 빛나는 이끼와 밤하늘을 보았을지도 모른다. 그것이 망가질까 누구에게도 말하지 않았던 거야. 어떤 이는 밤하늘과 숲을 사랑하지 않을 수 있다는 걸, 그런 인간들이 모여 또다시 끔찍한 일을 벌일 거라는 걸 짐작했을 것이다. 그렇다면 그녀는 이 행성을 지키기 위해 인간이 지하 도시에서 빠져나오지 못하도록 출구를 지키던 문지기였을까.

흰색 반달무늬가 박힌 커다란 꽃을 본다. 땅에 붙은 꽃에는 줄기와 잎이 보이지 않는다. 다섯 장의 커다란 꽃잎 가운데 동그란 공간이 있고, 그 속에서 악취가 풍긴다. 나는 인상을 찌푸린다. 그 애는 꽃에서 향기로운 냄새가 풍긴다고 했는데 지상에 살았던 인간들에게는 이 냄새가 향긋했던 걸까. 숨을 참고 한 걸음 더 내딛지만 나는 곧 주변에 이와 같은 꽃이 한 가득, 끝이 보이지 않을 만큼 피어 있는 것을 본다. 냄새 탓인지 기침이 심해진다. 피곤함을 느낀 순간 몸에 힘이 풀려 그대로 넘어진다. 업혀 있던 그것은 다행히 커다란 꽃잎이 받쳐준 덕분에 비스듬히 땅에 떨어진다. 쉬었다 가야 할 것 같다는 판단을 내린다. 몸에 힘이 들어오지 않아 어쩔 수 없다. 그것의 산소호흡기가 뿌옇게 흐려지는 것을 응시하다, 나는 내 시야가 뿌옇게 흐려지고 있음을 알아차린다. 고개를 들어 하늘을 보지만 나무의 끝은 보이지 않는다. 나뭇가지로 조각난 하늘이 보인다. 누워서 바라보던 스크린의 격자무늬 하늘과 비슷하다. 숨쉬기가 가쁘다. 피곤한 상태로 너무 오래 있었던 것 같다. 나는 눈을 감는다. 손등이 간지럽다. 또 벌레가 지나가는 모양이다. 이번에는 만져보고 싶은데, 손가락 하나 움직일 기운이 없다.

잠에 빠지자마자 꿈을 꾼다. 주구장창 꾸었던 꿈과 다를 게 없다. 너와 산책을 하기로 한 날, 아침 일찍 깨어 나는 너에게 달려간다. 네가 있는 곳으로 전속력을 향해 달리며 폐부에 가득찬 팽팽한 공기를 느낀다. 스피커를 통해 들려오는 시냇물 소리와 참새의 울음소리, 그리고 땅을 내리치던 너의 발짓. 그런 너를 지켜보다 곁으로 다가간다. 그러자 너는 네가 보고 있던 식물을 가리킨다. 이번에는 이름 모를 들꽃이 아니라 이끼다. 부슬부슬한 이끼가 조그맣게 모여 있다. 너는 내게 웃으며 말한다.

소마, 나는 우리가 이끼였으면 좋겠어.

나는 그게 무슨 뜻이냐고 묻는다.

바위틈에도 살고, 보도블록 사이에도 살고 멸망한 도시에서도 살 수 있으면 좋잖아. 고귀할 필요 없이, 특별하고 우아할 필요 없이 겨우 제 몸만한 영역만을 쓰면서 지상 어디에서든 살기만 했으면 좋겠어. 햇빛을 많이 보기 위해 그림자를 만들지 않고, 물을 마시지 못해 메마를 일도 없게. 그렇게 가만 하늘을 바라보고 사는 거야. 시시하겠지만 조금 시시해도 괜찮지 않을까?

하지만 나는 이왕 식물이 될 거면 화려한 잎을 가지고 싶다고 대답한다. 있는 힘껏 활짝 피었다가 햇빛이 가장 강렬한 한때에만 머물고 싶다고. 너는 그래? 하고 심드렁히 반응한다.

그러다 네가 나를 꽉 끌어안는다. 우리는 이렇게 서로를 안아본 적이 없어서 나는 이게 꿈인 걸, 꿈에서 또 깨닫는다. 여전히 너에게서는 온도가 느껴지지 않는다. 네가 내 이름을 부른다. 왜 부르냐고 묻지만 내 말은 무시하고 계속해서 내 이름을 부른다. 소리는 점점 내 가슴과 몸을 떨게 하는 진동으로 전해진다.

"......!"

그 소리는 꿈이 아니다.

"소마!"

화들짝 놀라 눈을 뜬다. 내 눈앞에는 산소호흡기만이 덩그러니 놓여 있다. 그것이 없다는 것을 깨닫고 상체를 일으킨다.

"빨리 일어나서 이거 봐봐!"

그것은 나무뿌리에 걸터앉아 나무껍질에 새겨진 옹이를 가리킨다. 마치 눈 같다. 나무 기둥에 인간의 눈이 새겨져 있다. 한 그루뿐만 아니라 주변 모든 나무에 눈이 있다. 그것은 이 눈이 왜 생겼는지를 궁금해하며 맨발로 나무뿌리를 밟아가면서 주변을 빙빙 돈다. 한참 동안 혼잣말을 하며 나무를 구경하던 그것은 뿌리에서 뛰어 내려와 나에게 다가온다. 가까이 다가온 그것의 몸에는 푸릇푸릇한 이끼가 붙어 있다. 그것이 내 옆에 앉는다.

"잘 잤어?"

그것이 묻는다.

"힘들었지? 미안해. 내가 빨리 일어났어야 했는데."

나는 그것을 가만히 바라보기만 한다.

"네가 자는 동안 내가 주변을 좀 둘러봤거든? 그러다 이걸 발견했어."

그것이 내게 주먹을 뻗는다. 주먹 안에는 둥근 모양의 갈색 열매 같은 것이 있다.

"이거 아몬드야."

"……"

"내가 먼저 먹어보고 너한테 설명해줄게."

나는 몸의 감각을 느끼기 위해 손으로 땅을 어루만진다. 보슬보슬한 이끼의 촉감은 꼭 이불같이 포근하다. 겁도 없이 아몬드를 입에 넣으려는 그것의 손을 놀라 잡는다.

"유오!"

나도 모르게 튀어나온 이름을, 그것이 듣자마자 환히 웃는다. 바람이 불자 사방에서 나뭇잎 스치는 소리가 울려 퍼지고, 나는 내 손등에도 붙은 이끼를 본다. 붙었다고 해야 할지 돋아났다고 해야 할지 알 수 없다. 하지만 그것은 중요하지 않다. 나는 내 앞에 있는 그 애를 끌어안는다.

나는 이제야 안다. 유오는 따끈따끈하구나. 말랑말랑하고 따뜻하다. 나는 추위를 느끼며 유오의 품에 파고든다. 머리가 어지럽고 숨이 가쁘다. 숨이 제대로 쉬어지지 않지만 나는 유오의 품에서 천천히, 아주 천천히 느린 호흡을 뱉는다.

주변에서 악취가 풍기고 이끼가 몸을 뒤덮지만 나는 그 애를 놓지 않는다.

절대로.

나는 그 애를 놓지 않는다.

절대로.

"우리 다시 다 함께 별을 볼 수 있는 거지?"

'닫힌 세계' 너머를 그려보는 일

소유정(문학 평론가)

1. '닫힌 세계'의 아이들

기후 위기라는 단어가 더는 모호하지 않음을 매일 체감하는 요즘, 『이끼숲』의 배경이 되는 지하 도시는 머지않아 정말로 우리가 맞이할 미래처럼 느껴진다. 이 소설에서 인간은 생태계의 종말로 인해 더이상 지상에 살 수 없게 되자 지하 도시를 만들어 새로운 삶의 터전을 구축한다. 하지만 지하 도시는 지상처럼 드넓은 하늘이 없고, 그 너머의 우주로 나아갈 수도 없으며 오직 인간에 의해 만들어진 도시 공간 내에서만 움직일 수 있다는 점에서 "닫힌 세계"(88쪽)와 다르지 않다. 지상에서 지하로 '추방'되면서 "이곳의 인류는 짓지 않은 죄의 벌을 받는 중"(84쪽)이라고 하지만, 지하 도시의 생활이 형벌처럼 느껴지는 까닭은 단순히 그들이 추방된 인류이기 때문은 아니다. 이곳은 철저한 감시와 통제로 이루어진 세계로 거대한 하나의 판옵티콘과 같다.

우선 인구 정책부터 그렇다. 부부는 출산 계획과 자산 규모에 대해 위원회에 낱낱이 보고하고, 이 계획에 의해 허가받은 아이만이 시민으로 인정받을 수 있다. 만일 예정 없이 태어난 아이가 있다면 "'정체불명' 혹은 '미입력자' '불법 거주자' '비시민' '침입자' 따위가 되어 체포"되고, 그 이후는 어떻게 되는지도 알 수 없다. 이러한 통제가 가능한 까닭은 머리에 "엄지손톱만한 칩"(113쪽)을 심어 드나드는 곳마다 인식하게끔 하기 때문이다. 태어난 아이들은 열다섯 살이 되면 부모로부터 독립해 경제 활동을 시작해야만 한다. 그렇지 않을 경우 불필요한 인간으로 낙인찍혀 정신재활원에 가게 되는 것도 한순간이다.

경제 활동이 불가피한 이유는 'VA2X' 때문이기도 하다. VA2X는 "하루에 한 알" "지하 도시 생활을 유지하기 위한 필수 요소"다. 모두들 밥은 먹지 않더라도 이 약만큼은 사 먹는다는 점에서 VA2X는 인식 칩과 함께 사람들을 통제하는 하나의 수단으로 작용한다. "복용을 오랫동안 중단하면 환각,

정신 분열, 우울증 따위의 정신 질환"이 발생한다고 하지만, 이것이 정말로 약을 복용하지 않아서 발생하는 일인지, 아니면 약이 복용자를 그럴 수밖에 없게 만들었는지는 알 수 없는 일이다. "약을 섭취하지 않은 사실이 알려져 정신재활원에 잡혀간 사람"(28쪽)이 있다는 것도 강제적인 교화를 통해 약을 복용해야만 하게끔 만드는 속셈은 아닐지 의심스럽다.

이와 같이 인간에 대한 강력한 제재로 위원회는 도시 규율에 어긋나지 않는, 쓸모 있는 사람을 만들어낸다. 이곳에서 필요로 하는 사람의 유형은 오직 한 가지다. 지하 도시 전체를 위해 일하는 노동자. 그렇기에 지하 도시에 자본주의의 논리는 더욱 엄격하게 적용된다. VA2X 구입을 위해 경제 활동을 멈출 수 없는 것도 그렇지만, 부당한 임금에 대한 투쟁으로 반년이 넘는 시간 동안 파업을 하고도 끝내 바라던 임금과 계약을 이룰 수 없는 노동 계급의 현실(「바다눈」)은 지금의 우리에게도 낯선 것이 아니다. 게다가 사고 위험이 있는 직업의 경우에 클론을 만드는 것 또한 그렇다. 이는 일종의 "신체 보험"으로, 클론을 제작할 경우 사고가 발생해도 "별다른 소송이나 피해 보상을 요구"(153쪽)할 수 없다는 뜻이기도 하다. 인권에 대한 존중도, 배려도 없이, 인간을 그저 이익을 위한 하나의 도구로 바라보는 태도는 미래의 포스트휴먼 사회에서 더욱 극심한 형태로 나타난다.

　그렇기에 정당한 권리를 주장하는 노동자들에게 잠깐의 눈속임으로 이전의 협상을 무효하게 만들어버리는 세계 안에서 공동체의 의미를 찾기란 쉽지 않다. 한 나라의 국민도 아닌, 한 명의 '시민'으로도 공동체적 감각을 갖기에 지하 도시에서의 생활은 척박하다. 그럼에도 친구라는 이름 아래 단단히 결속되어 서로의 일을 외면하지 않는 이들이 있다. 마르코, 치유키, 의주와 의조, 유오, 소마, 톨가. 이 책에 수록된 세 편의 소설에서 각각의 이야기를 이끌어나가는 중심인물은 모두 다르지만, 결국 그들 모두의 이야기이기도 하다. 인공으로 만들어진 것이지만 밤하늘의 별을 바라보며 다음을 기약하고, 해변에서 모래 놀이를 하는 평화로운 일상에서도, 친구의 죽음 앞에서 복제된 클론이 폐기되는 것만이라도 막으려는 고난의 순간에도 그들은 함께 있다. 생태계 안에서 여러 개체가 탄생하고, 멸종하는 사이 이끼만은 "가장 낮은 곳에, 다른 식물이 자랄 수 없는 축축한 틈 곳곳에 머물"(163쪽)며 생존하듯이, 그들은 도망칠 수도, 숨을 곳도 없는 지하 도시 안에서 자신들이 뿌리내릴 수 있는 어떤 '틈'을 발견하려고 한다. 그리고 그 틈새로 지하 도시 내부를, 입력되지 않은 공간을, 마침내 지하 도시 바깥의 땅 위를 모험한다. 이 모험을 통해 열다섯 살의 아이들이 '나'라는 개인의 성장과 단단한 우정의 연대를 이루었음은 물론이다. 「바다눈」 「우주늪」 「이끼숲」 세 편의 소설을 차례대로 읽을 때, 한 소설에서 다음 소설로 넘어갈 때의 시차가 얼마나 되는지는 명확히 알 수 없지만, 이끼가 가만히 제 영역을 넓혀나가는 것처럼 아이들 역시도 훌쩍 성장한 듯한 느낌이었다. "모험과 도망" "발견과 추방" "미지의 세계와 타락한 세계"(83쪽)와 같이 한쪽은 위대하거나 신비롭고 한쪽은 초라하거나 두려운 것이라면, 그들은 모두 전자의 선택지를 향해 간다. 미지의 세계를 발견하고, 그곳을 모험하는 이들의 이야기는 이제 시작이다.

2. (첫)사랑의 모험: 「바다눈」

생명공학 연구소 빅터의 경비원으로 취직한 마르코는 근무를 서던 중 어딘가에서 들려오는 노랫소리에 홀려 다가가고, 그곳에서 은희를 만난다. 은희도 연구소의 경비원이라는 것을 알게 된 뒤 두 사람은 부쩍 가까워진다. 은희로 인해 마르코는 새로운 감정을 알게 된다. 좋아한다는 감정이 무엇인지는 잘 모르겠지만, 다른 친구에게 은희에 대한 이야기를 할 때면 마르코는 두 가지의 모순된 감정을 느낀다. "하나는 후련함이었고 하나는 단단해짐"(39쪽)이었는데, "은희에 관한 이야기를 하면 할수록 마음에 있던 은희가 빠져나감과 동시에 그 자리에 더 단단한 은희가 들어"(39~40쪽)차는 식이었다. 이런 마르코를 보며 톨가는 자신의 경험을 말하며 "상대방이 가진 만 가지의 특징 중에서 단 하나의 특징이 마음에 쏙 들어오면, 사랑이 시작"되는 것이라 정리한다. 마르코의 마음에 들어온 은희의 특징은 첫 만남에 자신을 사로잡은 목소리였다. 하지만 그는 쉽게 구분할 수가 없었다. "은희를 사랑하는 것인지 은희의 목소리를 더 듣고 싶은 것인지"(40쪽). 질문에 대한 답을 찾기 위해 마르코는 은희에게 노래를 더 듣고 싶다고 청하고, 두 사람은 함께 재즈 바에 간다. B45층은 지하 도시에서 유흥업소가 있는 곳으로, 아직 성인이 되지 않은 마르코와 은희는 재즈 바 출입이 불가능했지만, 나이를 속이는 작은 비밀을 나눠 갖는 것으로 두 사람은 더욱이 친밀해진다. 재즈 바를 다녀온 이후로도 마르코는 은희가 있어 전에는 관심이 없고, 알지 못했던 새로운 장소를 다니기 시작한다. 이전까지 그가 지하 도시에서 유일하게 흥미를 느꼈던 곳이 밤하늘의 별을 볼 수 있는 스페이스 스카이였다면, 이제는 은희와 함께하는 곳이라면 어디든 닿고 싶은 마음이었다. 마치 톨가가 연인인 디에고와 함께 "숨겨진 보물을 찾듯 사람들의 시선과 발길이 닿지 않는 곳을 파헤치며 둘만의 도시를 구축"(37쪽)했던 것처럼 말이다. 연구소 기계실 근처 비상계단마저도 은희와 함께 있을 땐 바다 속을 유영하는 잠수함처럼 느껴지고는 했다.

마르코는 어느 날 소식 없이 결근한 은희를 만나기 위해 처음으로 도시의 끝을 향해 간다. 그리고 은희의 집을 찾은 뒤로 그는 많은 것을 알게 된다. 대개 열다섯 살이면 부모로부터 독립하는 지하 도시의 아이들과 달리, 은희는 어머니와 같이 살고 있다는 것, 어머니에게 치매가 생긴 지 오 년이 되어간다는 것, 어머니의 약값을 벌기 위해서는 많은 돈이 필요하며 어느 날 치매에 걸린 어머니가 느닷없이 집을 나가버린다면 그녀를 찾아 도시 전체를 헤매야 할 수도 있다는 것을. 그럴 때마다 지금처럼 출근하지 못하리라는 사실도.

어쩌면 은희의 그 말은 모두 예고였을까. 노동자 파업과 회사 부도 소식으로 뒤숭숭한 연말을 보내던 마르코는 사라진 은희가 단순 결근이 아님을 직감적으로 알아차린다. 또한, 다시는 은희를 볼 수 없으리라는 것도. 마르코가 자신의 감정을 온전히 깨닫게 된 것 역시 은희가 사라진 이후다. 오지 않을 걸 알면서도 은희를 기다리던 어느 날, 마르코는 톨가가 이용하는 가상현실 공간인 '버스'에서 익숙한 목소리를 듣는다. "거대한 고래의 울음 같은, 잘게 부서진 별 같은"(99쪽) 유일한 목소리는 분명 은희의 것이었다. 목소리를 버스의 아바타에게 판매하는 사람이 있다고, 그다음에는 목소리를 판 인간의 발성기관을 완전히 망가뜨려 세상에 하나뿐인 아바타의 고유한 목소리로 귀속시킨다는 이야기를 마르코는 들은 적이 있다. 이때 마르코는 도무지 납득할 수가 없었다. "도대체 그런 짓들을 왜 해? 왜 팔고, 왜 사는 거야?"(32쪽) 이해되지 않는 물음에 대한 답으로 시차를 두고 은희는 이렇게 말했던 것 같다. "돈이 필요해. 이제는 정말."(87쪽) 그녀에게는 치매 걸린 어머니와 약값, 생계를 감당하기 위한 유일한 방법이었으리라. 은희의 목소리를 가진 아바타의 노랫소리를 들으며, 노래가 끝난 이후에도 마르코는 눈물을 멈추지 않는다. 이제야 비로소 깨닫게 된 감정에 대해 마르코는 사랑이라 말하지 않는다. "도망이나 추방이 아닌 모험"(85쪽). 은희와의 시간은 마르코에게 모험으로 기억된다. 함께였기에 가능했던 모험이었고, 처음이었기에 더욱 두근거렸던 모험. 사랑이라는 말보다 더욱 분명한 표현으로 마르코는 제 마음을 전한다.

3. 존재의 모험: 「우주늪」

「바다눈」이 마르코가 은희에게 느끼는 낯선 감정에 대한 모험의 이야기였다면, 「우주늪」은 세상에 허락되지 않은 이가 떠나는 존재의 모험에 대한 소설이다. 의주의 쌍둥이 자매 의조의 이야기다. 의조의 모험은 탄생과 함께 따라붙은 물음으로부터 시작된다. "왜 나는 아니었을까?"(114쪽) 수없이 곱씹어봐도 마땅한 이유가 없다는 걸, 의조는 이제 안다. 의조가 아닌, 의주가 지하 도시 시민으로 등록되고 지금의 삶을 영위할 수 있었던 건 모두 "우연히 선택받았"(106쪽)기 때문이라는 것을. 그 우연한 선택이란, 엄마의 뱃속에 있을 때 한 명으로 보였던 까닭에 쌍둥이인 줄 몰랐던 부부가 가위바위보 따위로 두 아기 중 한 명을 고른 것뿐이었다. 한 명을 선택하고, 나머지 한 명은 차마 죽이지 못하고 숨겨둔 탓에 의조는 죽지도, 살지도 못한 채로 그저 세상에 없는 사람인 것처럼 자랐다.

모험을 떠나며 의주에게 남기는 편지에서 의조는 어릴 적 두 자매가 엄마와 함께했던 '악어떼 놀이'를 떠올린다. "늪지대가 나타나면은 / 악어떼가 나올라, 악어떼!"로 끝나는 노래의 마지막 '악어떼!' 부분에서는 항상 엄마가 둘을 끌어안으려 했었고, 자매는 잡히지 않게 도망쳤던 기억에 의조가 뒤늦게 덧붙여보는 건, 이 놀이에서 악어는 엄마가 아니라 의조와 의주, 두 사람이었다는 것이다. "이불은 엄마가 들어올 수 없는 늪"(109쪽)이었기에 늪지대를 은신처로 삼고 있는 이불 속의 자매야말로 악어라고 할 수 있었다. 어릴 적 기억을 떠올리며 의조는 의주에게 "이곳의 통제와 정책이 너의 자유를 보장해주었을 뿐"이라 말한다. 늪지대에는 악어가 있으니 늪지대에 아무도 닿을 수 없게 하는 통제적 시스템은 곧 지하 도시의 규칙이기도 했다. 이러한 규칙이 의주에게 자유를 선사한다면, 아무도 오지 않는 늪지대에 가만히 웅크리고 있는 건 "통제와 정책"에 의해 자유 아닌 자유를 누리는 의조다. 의조에게 자유란 "날숨이 벽에 들러붙는 공간에서 느끼는 편안함, 가능성을 향한 헛된 바람, 까기 전까지 알 수 없는 상상의 무한함"(108쪽) 같은 것으로 남들과는 다른 종류의 것이다. 의조에게 늪지대 너머의 보이지 않는 이들은 모두 어릴 적 엄마처럼 "악어를 죽이려는 존재"(109쪽)에 다름 아니다.

의조는 발견한다. "악어를 죽이려는 존재"들이 포진해 있는 늪지대 바깥이 아니라, 늪 아래로 더 깊이 빠져들 수도 있다는 걸. 환풍구 너머의 배관 통로는 지하 도시 내에 입력되지 않은 곳이며, 이 통로를 이용해서는 지하 도시 내부 어디든 오갈 수 있다는 것을 말이다. 의조는 자신이 오가는 배관 통로를 우주의 웜홀에 비유하기도 하는데, "블랙홀로 빨려 들어간 것들이 다른 곳에서 배출"될 때, 그것을 "연결하는 통로"(127쪽)가 바로 웜홀이라는 것이다. 그런데 어느 날, 웜홀 속을 기어다니던 중 의조는 블랙홀과 같은 또 하나의 늪을 마주한다. 그건 바로, 의주의 친구인 치유키였다. 치유키는 가족 말고 의조의 존재를 처음 알아차린 타인이다. 환풍구 너머로 치유키를 만나며 의조는 처음으로 자신의 바깥을 만들어나간다. 지하 도시를 구축하듯 "건축하는 마음"으로, "무너지지 않게, 헷갈리지 않게, 망가지지 않게"(107쪽) 언어를 배우고, 생각을 문장으로 옮기는 일이 얼마나 흥분되는 일인지를 깨닫게 된다. 의조는 또, 발견한다. 한 걸음 떨어져 있기에 볼 수 있는 한 사람의 다른 면모를. 예컨대 의주가 자신의 앞에서는 절대 보이지 않는 모습을, 친구들 속에 있을 때 스스럼없이 보여준다는 것을. 또는 의사라는 선망받는 직업을 가지고 있으며 친구들 앞에서는 다정한 치유키가 사실은 미입력자들을 죽이는 일을 하고 있고, 종종 나이테를 그리듯 자신의 몸에 자해의 흔적을 남긴다는 것을 말이다.

어쩌면 의조의 모험은 여기서 그쳤을 수도 있다. 계획되지 않은 아이이기 때문에 수용할 수 없다는 정책에 의해 세상에 존재하지 않는 사람으로 살다가 의주와 그의 친구들의 머리 위를 그림자처럼 따라다니는 것에 만족하며 지냈을 수도 있다. 그러나 한 걸음 더 나아가 의조가 모험을 계속하게 만든 건 그가 남긴 "웜홀의 이정표"(128쪽)에 누군가 남긴 감사 인사였다. "고마워요."(132쪽) 이는 의주도, 의주의 친구를 통해서도 아닌, 온전히 의조 자신이 이룬 소통이라는 점에서 의미를 갖는다. "내가 나를 위해"(128쪽) 쓴 이정표였으나, "나 말고 누군가가, 나와 같은 누군가가, 이 좁은 통로를 기어가는 누군가가, 세상의 늪에 빠져버린 누군가가 또 있"다는 사실은 의조로 하여금 멈추지 않는 의지를 가능케 한다. 생각지도 못한 답장에 기뻐하며 의조는 "첫울음"(132쪽)을 터뜨린다. 이것이 단순한 기쁨의 눈물이 아닌, 막 태어난 아이의 첫울음처럼 여겨진다면 착각일까. 존재를 인정받지 못했던 아이가 지금 여기서 다시 태어난다. '고마워요' 하는 짧은 인사로, 비로소 세상으로부터 응답을 받아.

"나에게 해야 할 게 생겼어."(132쪽) 단단한 의지로 맺힌 다짐과 함께 의조는 언젠가 치유키가 말했던 "이 도시를 전부 날릴 수 있는 폭탄이 담긴 방"(133쪽)을 찾아 떠난다. 이전과는 다른 마음으로, 이제 막 첫 걸음을 떼는 아이가 있다. 의조의 삶은 이제부터 정말 시작이다.

4. 구원의 모험, 그리고 새로운 모험의 시작: 「이끼숲」

이 책의 마지막 모험은 한 사람의 죽음이 그 시작점이다. 유오의 죽음 이후 소마는 밤과 낮을 구별할 수 없을 정도로 내내 집안에 칩거한다. 결근이 계속된다면 정신재활원의 사람을 보낼 수밖에 없다는 팀장의 말에도 소마가 집밖을 나갈 수 없고, 누구도 만날 수 없는 까닭은 유오의 죽음에 자신의 책임이 있다고 느끼기 때문이다. 통신국 8팀의 직원으로 "지하 도시의 모든 통신 기록을 관리"하는 소마는 "도청하고, 감시하고, 의심하는 일"(158쪽)을 하며 한쪽으로는 건설 현장의 무선을 듣는다. 본래 유오는 지상의 식물에 대한 관심으로 지상 탐사대에 들어가고 싶어했으나 자리가 나지 않아 갈 수 없었다. 지상 탐사대 대신 유오가 택한 곳은 건설 회사였다. 땅을 파는 공사중 거대한 나무뿌리를 발견한 적이 있다는 이야기 때문이었다. 그러나 건설 현장에서의 근무는 클론 제작까지 해야 할 만큼 위험을 수반하는 일이었다. 언제, 어디서 사고가 발생할지, 사고로 인해 신체 이식을 하는 것만 아니라 살 수는 있을지조차 미지수였다. 유오에 대한 걱정으로 소마는 유오에게도 말하지 않은 채 건설 현장 무전을 도청한다. 유오가 사고를 당했던 날에도 어김없이 무전을 틀어놓고 있던 중, 소마는 귀를 먹먹하게 할 만큼 커다란 굉음을 듣는다. 하지만 굉음을 들은 후에도 소마는 그것을 사고 발생이라 곧바로 인지하지 못한다. 그저 "이어폰의 고장"(175쪽)쯤으로 여기며 무슨 일이 있냐는 동료에게 괜찮다며 웃어 보일 뿐이었다. 웃음도 잠시, 의주에게서 온 전화로 소마는 이내 굉음 아래의 유오와 자신의 슬픔을 직감한다. "아직도, 왜 그렇게까지 최악이었어야 했을까"(176쪽) 하는 생각에는 언제나 가지 않은 길에 대한 가정이 따라붙는다. 만일 사고의 조짐을 알아차렸을 때 바로 붉은 버튼을 눌러 신고를 했더라면 어땠을까. 그랬다면 유오는 살 수 있었을까? 하지만 자꾸만 그날로 돌아가는 꿈속에서도 소마는 현실의 자신과 다른 선택을 하지 않는다. "붕괴 조짐을 목격했다는 통화를 들어놓고서, 너의 안위를 걱정하는 내 마음을 네가 알아차릴까 두려워서 그 불길함의 징조를 애써 무시했다. 책상 밑으로 내렸던 내 손과 함께."(200쪽) 유오를 향한 걱정이, 그리고 사랑의 감정이 일방적인 게 아닐까 싶은 이기심 때문에, 또 상처받고 싶지 않은 못난 마음 때문에 외면했던 한순간으로 인해 소마는 더 큰 상실을 맞이하고야 만다.

유오의 죽음 이후 클론마저 폐기가 될 위기에 처했다는 소식에 소마는 더이상 자신의 선택을 반복하려 하지 않는다. 친구를 잃은 슬픔을 나눈 다른 친구들과 함께 유오의 클론만큼은 구해내고자 한다. 이는 동시에 유오를 잃고 자기 안에 매몰되어가는 소마 자신을 구해내는 일이기도 하다. 클론을 구출하고, 상실의 늪에 빠진 소마를 구원하기 위해 아이들은 힘을 모은다. 클론 보관실에 진입하기 위해 마르코의 경비원 카드를 써 연구소 전용 승강기를 타면 의주가 감시 카메라의 전원을 차례대로 끌 예정이었다. 그사이 복도를 달려 보관실에 도착해 클론을 빼내면 치유키가 휴대용 호흡기를 달아줄 것이었다. 그리고 유오가 그토록 보고 싶어했던 온실에 가기 위해 씨앗 저장고까지 갈 것이었다. 계획대로만 진행되었다면 문제가 없었겠지만, 통제적인 지하 도시 안에서 추격대는 금세 소마를 따라붙는다. 연구소에서는 마르코가, 씨앗 저장고에서는 치유키가 붙잡히는 바람에 소마는 유오의 클론을 업고 둘이서만 온실을 향해 올라간다. 유오와 같은 얼굴이나 차마 유오라고 부를 수 없는 '그것'은 의식이 없이 매달려 있을 뿐이다.

꼭 유오가 아니더라도 소문만 무성한 온실을 두고 지하 도시 사람들은 "울창한 숲"을 상상했을 것이다. 그러나 그곳은 "잿빛 돔"(229쪽)으로 "바싹 비틀려 죽은 메마른 나무"(226쪽)와 같은 지하 도시의 통치자, 위원장과 닮은 모습이다. 이리로 올 것을 이미 알고 있었다는 듯, 지상으로 가겠다는 소마의 말에 그녀는 말리지 않는다. 지상으로 가는 계단을 오르면 나오는 마지막 문이 있고, 그 문을 연다는 건 곧 생존 환경을 벗어나 죽음에 이르게 된다는 것과 같기 때문이다. 다만 그녀는 마지막 경고를 건넨다. 만일 이곳을 나간다면 소마의 이름을 지우고, 존재의 증거마저도 모두 삭제하겠다고. 정말 그렇게 된다면, 지상에서도 추방된 인류가 지하에서도 추방된다면, 소마와 '그것'은 오갈 데 없이 떠돌게 될 수도 있다. 어떻게 맞이했는지 모를 죽음에 잠식될 수도 있다. 하지만 소마는 전혀 개의치 않는다. "아무리 생각해도 친구들이 나를 잊을 것 같지 않"았고, 혹여 그런 일이 일어나더라도 괜찮았다. "내가 기억하고 있으면 그만인 것을."(236쪽)

아직 눈뜨지 않은 '그것'을 들쳐업고 소마는 지상을 향해 간다. 마지막 문 앞에서 소마가 떠올리는 건 유오가 해준 적 없으나 기억하는 말들이다. "식물은 죽지 않아, 소마. (…) 끊임없이 순환하며 새 모습으로 계속 재탄생해. 하지만 그건 식물에만 국한된 것이 아니라, 이 행성의 시스템이야. 모든 생명은 탄생과 죽음을 반복하고 그 과정에서 자신의 삶을 씨앗처럼 뿌린다는 걸, 비록 나는 없더라도 내 삶은 이 행성 전체에 퍼져 다른 생명을 꽃피우게 한다는 걸 잊지 마."(239쪽) 소마의 곁을 지키던 유오의 환영이 사라지고, 대신 들려오는 '그것'의 숨소리에 발맞춰 소마는 지상의 땅을 밟는다. 그리고 마침내, 생명력을 가진 모든 것들을 본다. 발밑에서 빛나는 이끼와 단단한 외피를 가진 벌레, 인공 밤하늘이 보여준 것보다 더 밝게 빛나는 별을. 너무 아름다워 사랑할 수밖에 없는 모든 것들을 눈에 담으며 소마는 목적지를 향해 간다. 숲을 볼 수 있을지도 모른다는 "거대한 벽"(236쪽) 앞으로. 위원장에 의하면 그것은 '벽'이었지만, 정말로 그 앞에 당도한 소마는 알게 된다. 그것은 "벽이 아니고 거대한 나무"라는 사실을. 또한, 나무가 "숲의 시작점"(244쪽)이라는 것도. '그것'과 함께 숲의 시작점 안으로 들여놓는 소마의 한 걸음은 더없이 신중해 보인다. 그 걸음에는 사랑하는 이를 구하겠다는 의지와 꿈틀거리는 생명력으로 가득찬 숲을 보여주고 싶다는 마음, 앞으로의 삶은 알 수 없지만 그럼에도 함께해보겠다는 다짐이 있다. 어떤 두려움도 없이 뻗어나가는 걸음마다 피어오르는 사랑이 마음의 틈새를 가득 채운다. 가장 낮은 곳에서, 이끼가 자라듯.

유오의 클론은 애초에 사고를 위해 대비된 것이었으므로 유오의 신체만을 복제한 인간일 수 있다. "숨쉬는 껍데기"(162쪽)라거나 클론을 찾아낸 이후에도 '그것'이라 부를 수밖에 없던 까닭은 그러한 이유에서였을 것이다. 유오는 죽었는데, 유오의 몸을 하고 있다고 해서 그것을 '유오'라고 불러도 되는 걸까. 의심 앞에서 소마는 선뜻 그 이름을 내뱉지 못했을 것이다. 그러나 소설의 말미에서 '그것'은 유오와 소마가 다정히 나눈 기억을 되짚는 것으로("이거 아몬드야." "내가 먼저 먹어보고 너한테 설명해줄게."(249쪽)) '유오'라는 이름을 다시금 획득한다. 끌어안은 몸에서 전해지는 유오의 온기를 느끼며 소마는 깊은 잠에 빠질 준비를 한다. 그럼에도 "절대로"(250쪽) 놓지 않는 손이 있다. 함께 있다는 것 말고는 아무것도 중요하지 않은 어느 숲의 밤, 생의 감각으로 둘러싸인 한가운데에 두 사람이 있다.

"구하는 이야기를 쓰고 싶다"는 「작가의 말」을 곱씹는다. "무엇을 구해야 하는지 나는 알지 못한다"고 하지만, 천선란은 『이끼숲』을 통해 사실상 많은 것을 구했다. 「이끼숲」에서 그러했듯 유오와 소마를 구했다. 흩어질 사랑을 구하고, 슬픔에 잠길 한 사람을 구했다. 숙고를 거듭해 연작으로 이어 쓴 「바다눈」과 「우주늪」에서는 「이끼숲」에서 지하 도시에 남겨진 친구들을 구했다. 같은 시간이 아님에도 그들이 나눈 어떤 행복한 순간을 볼 수 있다는 것만으로도 구원이 될 수 있다는 걸 알았다. 또한, 작가는 자신이 그려낸 세계 또한 위험에 빠지게 내버려두지 않았다. 소설집 곳곳에서 지하 도시의 붕괴의 위험을 알리는 신호가 가끔 울렸다. 천장의 이음매를 뚫고 "모래가 쏟아져 내리는 상상"(17, 71쪽)이나 "조심해. 어쩌면 이곳, 붕괴하고 있는 걸지도 몰라"(133쪽) 하는 분명한 목소리로. 그러나 이 세계는 끝내 무너지지 않았다. 소설 안에서 울려 퍼진 경고의 메시지처럼 천선란의 『이끼숲』은 기후 위기의 시대를 살고 있는 지금의 우리에게 보내는 사이렌일 수도 있다. 조심해, 이 세계는 조금씩 무너지고 있어. 언제 한 번에 주저앉을지 몰라. 발 딛고 선 이 자리에서 언제 추방당할지 몰라. 단호하지만 다정한, 조심스럽고도 분명한 목소리로 천선란은 소설을 통해 말한다. 언제일지 모를 위험을 막을 수 있는 건 바로 지금이라고. 우리는 반드시 구해야 한다고. 이에 적극 동의하며 구하는 손길을 보태어본다. "모험과 도망" "발견과 추방" "미지의 세계와 타락한 세계"가 있다면, 『이끼숲』의 아이들이 그러했듯 천선란은 전자를 향해 갈 것이다. 모험하는 소설가의 다음 여정을 기다려본다. 미지의 세계에서 그가 발견하는 것들이 "잘게 부서진 별"(99쪽)처럼 반짝이리라는 믿음에는 조금의 의심도 없다.

작가의 말

    구하는 이야기를 써야겠다고 생각했다. 21년에서 22년으로 접어들 무렵에 그런 생각을 했던 것 같다. 스스로, 내 이야기는 끝내 구하는 이야기가 된다고 생각하면서도, 조금 더 뚜렷하게 구해야겠다고 생각했다.

    22년 여름, 300매 안팎의 「이끼숲」을 먼저 보내고 교정지가 올 때까지 잠시 잊고 살았다. 교정지가 온 같은 해 늦가을, 그 계절이 오는 동안 많은 일이 있었다. '많은 일이 있었다'고 함축적으로 말하기 힘들 만큼 사회에 일들이 끊임없이 일어났다. 머뭇거리며 교정지를 펼쳐 든 그날 내 속은 엉망이었고, 무엇 하나 명확하지 않고 아무것도 구해내지 못한 글도 엉망이었다. 내가 이렇게 두루뭉술하고 회피적으로 글을 썼던가. 아닐 텐데. 그럴 마음은 조금도 없었을 텐데. 끝내 더 보지 못하고 원고를 덮었다. 같은 날 있던 강연에서는 돌연 울음이 터져 몇 분간 말을 못했다. 그렇게 그날 원고를 다시, 혹은 더 쓰겠다고 메일을 보냈다.

「바다눈」과 「우주늪」을 썼다. 이름만 지어준 게 무책임해서, 인물들에게 사죄하는 마음으로 썼다. 여전히 뚜렷하고 선명한지는 모르겠지만.

구하는 이야기를 쓰고 싶다. 하지만 무엇을 구해야 하는지 나는 알지 못한다. 구한다는 건 일이 일어나기 전에 그것을 막는 것인데 나는, 우리는 언제나 일이 일어난 뒤에야 그곳이 위험했음을, 우리가 위태로웠음을, 세상이 엉망이었다는 것을 안다. 항상 먼저 간 이들이 남은 자들을 구한다.

모두가 그 순간 최선을 다해 즐기고, 모든 걸 누리고, 마음껏 행복했으면 한다. 누군가의 행복과 즐거움에 그 어떤 위험도 없길 바란다. 이런 말을 하다보면 이런 생각이 든다.

'누구나 다 바라는 일 아니던가? 그런데 이게 왜 이렇게 어려울까.'

이 행성에 우리가 머무는 동안, 부디 이루어졌으면 좋겠다. 반드시.

이번 책을 쓰며, 황 편집자님과 많은 이야기를 나누었다. 소설을 쓰는 나에 대해서도, 어느 시기에 대해서도. 조금씩 생기는 무게감을 균형 있게 짊어지는 법을 배웠다. 배울 수 있었음에 진심으로 감사하다는 말을 전하고 싶다.

2023년 여름을 앞두고,

천선란 올림

천선란 연작소설

이끼숲

ⓒ 천선란

1판 1쇄	2023년 4월 13일
1판 5쇄	2024년 9월 23일

지은이	천선란
펴낸이	지영주
편 집	황예인 한수림
표지 디자인	김현우
일러스트	점선면
본문 디자인	데시그
마케팅	최기현
경영지원	정의정 신세련

펴낸곳	㈜자이언트북스
출판등록	2019년 5월 10일 제2019-000085호
주소	경기도 고양시 덕양구 덕은1로 5 2층
전화	070-7770-8838
팩스	02-3158-5321
홈페이지	www.giantbooks.co.kr
전자우편	books@giantbooks.co.kr
인스타그램	https://www.instagram.com/giantbooks_official/

ISBN	979-11-91824-21-6 03810